LEMURIA - ÜBERBRINGER DER TRÄUME
1. Auflage, erschienen 4-2022

Umschlaggestaltung: Romeon Verlag
Text: Alex Laager
Illustrationen/Bilder: Alex Laager
Layout: Romeon Verlag

ISBN: 978-3-96229-350-5

www.romeon-verlag.de
Copyright © Romeon Verlag, Jüchen

Das Werk ist einschließlich aller seiner Teile urheberrechtlich geschützt. Jede Verwertung und Vervielfältigung des Werkes ist ohne Zustimmung des Verlages unzulässig und strafbar. Alle Rechte, auch die des auszugsweisen Nachdrucks und der Übersetzung, sind vorbehalten. Ohne ausdrückliche schriftliche Genehmigung des Verlages darf das Werk, auch nicht Teile daraus, weder reproduziert, übertragen noch kopiert werden. Zuwiderhandlung verpflichtet zu Schadenersatz.

Alle im Buch enthaltenen Angaben, Ergebnisse usw. wurden vom Autor nach bestem Gewissen erstellt. Sie erfolgen ohne jegliche Verpflichtung oder Garantie des Verlages. Er übernimmt deshalb keinerlei Verantwortung und Haftung für etwa vorhandene Unrichtigkeiten.

Bibliografische Information der Deutschen Nationalbibliothek:
Die Deutsche Nationalbibliothek verzeichnet diese Publikation in der Deutschen Nationalbibliografie; detaillierte bibliografische Daten sind im Internet über *http://dnb.dnb.de* abrufbar.

Alex Laager

Lemuria
Überbringer der Träume

Inhalt

Einleitung 7

1. Der Weg zur eigenen Wahrheit 9

2. Die Verbindung zur Vision 25

3. Die Reise zur Erde 30

4. Das Erwachen 34

5. Der Plan 40

6. Die Schule des Lebens 42

7. Der Lichtkörper 44

8. Fokus Lebensenergie 47

9. Ein Land vor unserer Zeit –
   von der dreidimensionalen Welt zur magischen Welt 52

10. Der Fluss der Seele 58

11. Die drei ineinander fliessenden Kreise 60

12. Die Kraft von Himmel und Erde – LaniHonua 62

13. Es kann nur das geweckt werden,
was bereits in dir steckt 63

14. Positive Resonanz entsteht 65

15. Die Stufen der Sichtweisen und der Entwicklung 66

16. Vom Schüler zum Master 71

17. Die Rückreise 74

Nachwort 77

Einleitung

Liebe Leserin, lieber Leser, ich schreibe von neuen Werten und einer Freiheit, von deren Existenz ich überzeugt bin. Jeder, der diese Freiheit erlangen möchte, kann sie erreichen. Sie ist der Schlüssel für ein gesundes, glückliches und konfliktfreies Leben.

Erlange sie zuerst bei dir selbst, in deinem Inneren und dann immer stärker in deinem ganz persönlichen Umfeld. Dieses Buch kann dir einen Anstoß geben, um dich für die eine, leuchtende Seite in dir zu entscheiden. Mit den richtigen Werkzeugen und dieser Resonanz kannst du dein Leben verbessern und es auf eine neue Ebene bringen. Dies wird dir einen Zugang eröffnen und den Weg zu neuem Bewusstsein, zu deinen Herzenswünschen und Zielen in deinem Inneren freimachen. Ich habe beim Schreiben dieses Buches – als Vereinfachung für mich – die männliche Form gewählt. Natürlich ist hier immer auch die weibliche Form angesprochen. Es liegt mir am Herzen, die Ansichten, die ich in diesem Buch äußere, auch den jungen Lesern oder Zuhörern nahezubringen; darum empfehle ich es ab einem Alter von fünf Jahren. Diese Jungen und Mädchen stehen am Anfang eines neuen Lebens und haben die Kindheit und das Erwachsenwerden noch vor sich. Erlebnisse, auch wenn sie sich im ersten Moment unschön anfühlen, dürfen wir wieder mit drei Augen betrachten lernen: Von der positiven Seite her gesehen, verstehen wir, dass wir an allem, was zu uns kommt, einen Anteil haben. Auch die unschönen Dinge des Lebens sind ein Spiegelbild unseres Selbst. Sie können als Erfahrung gesehen werden und haben die Absicht, eine Verbesserung unseres Lebens anzustreben.

Der Gedanke, den wir nach jeder Erfahrung in uns speichern, ist ein Funke unserer Glaubenssätze, die wir uns aneignen und die später über Erfolg oder Misserfolg entscheiden. Viele dieser Einstellungen werden dich weiterbringen und können dir helfen, ungewollte Wiederholungen zu vermeiden. Sie unterstützen dich dabei, ein glücklicheres, gesünderes, sebstbestimmtes und finanziell unabhängiges Leben zu führen.

1. Der Weg zur eigenen Wahrheit

Vor einiger Zeit war die Welt in acht Kontinente unterteilt. Angrenzend an die heutigen hawaiianischen Inseln, nach Tahiti ausgerichtet, lebte das Volk der Murianer. Dies ist die Geschichte eines Jungen namens Malu. Man nannte ihn „Hüter der Träume". Muria war das Land zwischen zwei Welten. Der einzige der acht Kontinente, welcher rundum von Freude, Glück und Zuversicht durchdrungen war.

Von den Menschen, welche sich auf den sieben anderen Kontinenten bewegten, wussten die wenigsten von seiner Existenz. Man führte dort ein anderes Leben, ein Leben, in dem einmal mehr und einmal weniger das Gefühl von Freude den Alltag durchzog. Ab und zu fühlte der Mensch sich glücklich und ab und zu hatte er nur wenig Zuversicht. Der Lebenssinn war den meisten in diesem Teil der Erde verloren gegangen.

Doch was war hier, auf Muria, anders? Der Kontinent Muria war sehr groß, obwohl nur wenige hundert Murianer auf ihm lebten. Die Zeit lief auf diesem Teil der Erde langsamer und jeder hatte genügend davon, um das Schöne im Leben zu genießen. Ebenso fühlte sich ein Jahr auf diesem Kontinent an wie zehn Jahre auf dem übrigen Teil der Erde. Es war ein Paradies.

Sämtliche Dörfer waren zusammengewachsen und das murianische Volk wohnte direkt am Strand. Die Gleichberechtigung war hier selbstverständlich, also konnte jeder am Strand sein Zuhause aufbauen – mit Sicht auf den weiten Ozean. In der Nähe lag eine wunderschöne Bergkette, an deren Fuß eine atemberaubende, türkis-blau schimmernde Lagune lag. Sie wurde von großen Wasserfällen mit frischem Süßwasser gespeist und alles um sie herum gedieh in großer Pracht. Die Lagune lag unweit vom Meer und von Malus Siedlung entfernt. Sie entsprang zwischen hunderten von Palmen und das seichte, kristallklare Wasser schlängelte sich bis weit in den Regenwald hinein.

Malus Vater war ein einfacher Bauer, der jeden Freitag frische Mangos, Papayas, Avocados und – was Malu sehr liebte – frisches Bananenbrot auf dem Markt verkaufte. Die Früchte und Gemüse in diesem Land wuchsen unglaublich schnell und sie waren überdimensional groß. Sie dufteten aromatisch, waren außerordentlich bekömmlich und wunderbar. Mit kleinem Aufwand konnte das ganze Dorf ernährt werden und die Menschen hatten immer genug von allem, was sie brauchten. Malus Mutter, eine bezaubernde Mura-Tänzerin, liebte, seitdem sie denken konnte, den murianischen Tanz. Es wurde an jedem Abend, an dem der Mond am hellsten schien, ein Dorffest veranstaltet. Der Tanz der Herzen und der Lebensfreude drückte das Leben, das Jetzt, die Vergangenheit und die Zukunft mit Leidenschaft aus. Die Murianer zelebrierten mit diesem Fest ihre Dankbarkeit gegenüber der Natur und dem Universum.

Auf der Insel und in ihrer Umgebung lebten viele Tiere. An Land gab es riesige Schildkröten mit perlmutt-schimmernden Rückenpanzern und man hörte den Gesang der Kolibris. In den Häusern lebten riesige Geckos und am Strand kleine purpurfarbene Krebse. In der Luft glitten majestätisch schöne, weiße Albatrosse über die Küsten. Das Meer war unendlich groß. Delfine, Seepferdchen, Tintenfische, Piranhas mit stumpfen Zähnen, riesige Buckelwale und diverse Meerjungfrauen lebten in den zu Muria gehörenden Gewässern.

Das Volk der Murianer war wesentlich höher entwickelt als die Menschen auf den übrigen sieben Kontinenten. Obwohl dessen Zeit in der Vergangenheit liegt, hatte es viele der Erfahrungen, die wir Menschen heute machen dürfen oder müssen, bereits hinter sich gelassen. Die Murianer lebten nach dem Geheimnis der sieben Lebensregeln und der ethischen Haltung Murias. Sie verstanden den Umgang mit den Schätzen des Universums und waren dankbar für jede Erfahrung und alles, was sie als Leihgabe „besitzen" durften. Es war eine Welt voller Magie in einer traumhaften Kulisse, die zu dieser Zeit der Normalität entsprach und von Liebe geprägt war, denn die Murianer wussten, dass ihre Energie das Einzige war, das ihre wahre Persönlichkeit zum Ausdruck bringen konnte und sie auf gute Weise schützen würde. Keiner wurde je verurteilt oder beurteilt: Ganz gleich, wie sie waren oder was sie taten – sie begegneten sich mit Respekt. Die sieben Lebensregeln und deren Anwendung wurde den Kindern von klein auf beigebracht, denn die Murianer wussten, dass ihre friedvolle Umgebung nur so eine Zukunft haben konnte. Die Lebensregeln waren keine Gesetze, doch wer das Leben nach ihnen ausrichtete, wurde in seiner Energie gestärkt, empfand pure Freude, Glück und tiefe Zufriedenheit. Sie waren eines der wichtigsten Werkzeuge in jedem Leben und wurden geübt, geliebt und in unterschiedlicher Perfektion verstanden.

Der erste Schritt in der Pyramide der sieben Lebensregeln bestand in der Magie der Gedanken. Es war die Disziplin des positiven Denkens, welche die Echtheit des Seins, des Lebens erst entfachte und aus der sich die weiteren Stufen in Richtung bedingungslose Liebe ergaben. Die Regeln waren kein Geheimnis und jeder wollte sie so gut wie möglich respektieren, um sich selbst immer mehr finden zu können.

Malu war ein besonderer Junge. Er interessierte sich nicht für normale Spielereien, wie es die anderen Kinder in seinem Alter taten. Er lachte nicht mit ihnen, spielte nicht Verstecken oder machte das, was Kinder so tun. Nein, er war derjenige, der sich an allem, was funkelte, glänzte und in der Sonne reflektierte, erfreute. Der Einzige, dem die vielen Schätze, die auf dieser Insel lagen, überhaupt auffielen. Er liebte es, mit den farbigen Seesternen, den Muscheln und ihren Bewohnern sowie den verschiedenen unförmigen und farbigen Südseeperlen zu spielen. An Land begeisterten ihn die geschliffenen Kristallformen mit den funkelnden Kanten und Flächen. Er mochte überhaupt alles, was funkelte. Er sammelte Amulette und unterschiedlich geformte Anhänger ebenso wie Fingerringe aus Silber, Gold und Ohrschmuck aus Perlmutt, die als fertige Schmuckstücke wuchsen. Es war von den heute seltenen Schätzen der Erde nur so übersät. Die heute als wertvoll und edel geschätzten, ja für die meisten unvorstellbaren und kostbaren Schmuckstücke, waren in dieser Zeit Kreationen funkelnder Energie und auf der ganzen Insel verteilt.

Edelsteine und Perlen so weit man sehen konnte. Edelmetalle und Korallen wuchsen in einer Geschwindigkeit, die wir heute nur von Gemüse und Früchten gewohnt sind.

Die Stücke hatten keinen wirklichen, dreidimensionalen Wert für die Murianer, denn niemand konnte sie essen und es bestand auch kein Verlangen, etwas daran zu verdienen. Sie waren einfach da, wunderschön anzuschauen und konnten Herzen erfreuen.

Malus großes Talent war, dass er neben der Sprache der Menschen auch die Sprache der vier Elemente verstehen konnte. Er kommunizierte mit der fruchtbaren Erde und verstand ebenso das klare, reine Wasser.

Er hörte die Stimme des knisternden Feuers und das Rauschen des Windes. Man könnte sagen, Malu war ein außergewöhnlicher Junge, denn auf Muria hatte jeder Bewohner andere, gleichwertige Fähigkeiten, die man von außen niemandem ansehen konnte. Darum fühlte er sich selbst nicht als etwas Besonderes: Er wusste seine Talente zwar zu schätzen, doch schenkte er ihnen keine übertriebene Aufmerksamkeit.

Die Jahre vergingen, er wuchs zu einem stattlichen Jungen heran und Malu fühlte immer mehr, dass seine Talente etwas Spezielles für ihn sein mussten.

Es gab eine Sache, die für ihn eine große Bedeutung hatte. Malu hatte seit früher Kindheit alles dafür gegeben, sie zu verstehen.

Was ihm ein Rätsel war und was ihm weder seine Familie, noch die Weiten des Wassers, der kraftvolle Wind, weder die reichhaltige Erde oder das lodernde Feuer sagen konnten, war, wie man die Sprache der Träume verstehen konnte. Was wollten die unterschiedlichen Träume ihm jede Nacht mitteilen und weshalb hatten sie gerade ihn für die verschiedenen Geschichten ausgewählt?

Malu wusste, dass die Erde wie einer der vielen Planeten in unserer Galaxie kreise und dass das Universum aus vielen tausenden Galaxien bestand. Die Sonne glühte, das Licht erwärmte die Erde und schenkte uns den Tag. Ebenso brachte der Mond Licht in die Nacht und hatte die Kraft, mittels Ebbe und Flut das Element Wasser zu bewegen.

Doch die Träume, die ihn jede Nacht besuchten – woher kamen sie? War es der Mond, der ihm diese überbrachte?

Ich erzählte bereits, dass die Menschen zu dieser Zeit auf einer anderen Entwicklungsstufe standen. Ihr Bewusstsein konnte viele der heutigen Gedankengrenzen überspringen und bewegte sich in einer Welt, die heute nur wenigen bekannt ist. Es gab kein Unmöglich oder Unvorstellbar, denn sie wussten, dass jeder Gedanke ein neuer Samen war, der in dem Moment als er gedacht wurde, zu keimen begann. Alles war möglich für jeden, der es glauben konnte, denn jeder Samen konnte mit der richtigen Pflege gedeihen.

Malu wusste also, dass er aus einem guten Grund gerade hier, bei Mutter und Vater, geboren worden war. Er war sich sicher, dass es jemanden geben musste, der ihm beim Geheimnis der Träume weiterhelfen konnte.

An seinem zehnten Geburtstag fragte er seine Mutter: „Weshalb bin ich hier, bei dir und Vater, zur Welt gekommen? Mutter, wo komme ich her und wieso fühle ich mich anders als die anderen Kinder? Warum träume ich jede Nacht von einem Land vor unserer Zeit?" „Mein lieber Malu, mein Junge, jetzt wo du fragst, ist es an der Zeit, dass auch du ein Geheimnis erfährst. Denn nur derjenige, der fragt, will es auch wirklich wissen. Die Träume, die du jede Nacht hast, zeigen dir einen Weg auf, um deine Bestimmung in diesem Leben zu finden. Jeder von unserem Volk hat drei Jahre vor der Geburt seine eigene Bestimmung erhalten und als er das Licht dieser Welt erblickte, seinen eigenen Schleier über sich gezogen. Nun beginnt dieser Schleier sich zu bewegen und will auch in dir zu leben beginnen: Talente und Fähigkeiten wollen erblühen oder ihre Bestimmung finden. Die Antworten, die du suchst, sind jedoch nicht von dieser dreidimensionalen Welt. Du wirst über die vierte Dimension gehen müssen, um ins Tal der Träume nach Akasha vorzudringen. Dafür jedoch wirst du unser Dorf verlassen und allein hoch in die grünen Berge reisen müssen. Im heiligen Berg der funkelnden Kristalle lebt die alte Elfenfee Leilani. Sie ist sehr weise und wird dir vieles über unsere alte, vergessene Zeit namens Lemuria näherbringen können, aus der unser Volk stammt und von der du auch so oft träumst. Sie wird dir weiterhelfen können, um das zu suchen, was in dir schlummert."

„Wie finde ich Leilani hoch oben in den Bergen?", fragte Malu. Du kannst sie nicht finden, sie wird dich finden, wenn das Rad des heilenden Kalenders sich wieder schließt und in drei Tagen ein neuer Zyklus beginnt. Das Einzige, was du mitnehmen darfst, ist die Kraft der vier Elemente. Sie wird dich unterstützen und dir Stärke und Mut verleihen. Malu packte eine gefüllte Wasserflasche, die mit diversen Edelsteinen verziert war, in seinen Korb. Er steckte zwei unförmige Feuersteine in seine Hosentaschen, die mit purem Gold überzogen waren, legte einen Beutel fruchtbarer Erde dazu, der von feinem Kristallstaub nur so funkelte und füllte seinen zauberhaften Hut mit Luft. Malu umarmte seine Eltern und machte sich auf zu den leuchtenden, grünen Bergen, deren Oberfläche wie ein kräftiges Gemälde wirkte. Ihre tiefen, strukturierten, vom Wetter geprägten Formen wiesen die Richtung zur alten Elfenfee.

Das Licht der Kristalle dieser grün- und rosafarbenen Berge, dieses Funkeln der riesigen Turmaline hatte Malu noch nie gesehen; sie waren von gewaltiger Größe. Er spürte eine Schwingungsfrequenz, von der eine starke, noch nie gefühlte Magie ausgehen musste. Es war so fein und unberührt. Dieser Ort, er ließ ihn ein Gefühl von tiefer Liebe, Geborgenheit und Leichtigkeit empfinden. Es war atemberaubend schön und tiefe Freude umhüllte ihn und sein Herz. Er fing an, große Luftsprünge zu machen. Malus Flasche, die mit Wasser, einem der vier Elemente, gefüllt war, fing an, sich ruckartig zu bewegen. Der Korken drohte abzuspringen. Malu hatte schon früh gelernt, dass Wasser als das Element der Gefühle bezeichnet wird und Gefühle nur dank des Wassers gelebt werden können. Gefühle und Wasser werden über Ozeane, Seen und Flüsse transportiert, von der Sonne und den Wolken aufgesogen und wieder als fruchtbarer Regen auf die Erde transportiert. Das Wasser, das wir trinken und aus dem wir bestehen, wird über unsere Ausscheidungen wieder zurück zur Erde geleitet. Der Kreislauf schließt sich. Wenn in Muria eine Träne ins Rollen kam, fiel sie mitten ins Herz und berührte den Menschen an seiner emotionalsten Stelle.

Plötzlich! Da spaltete sich einer der funkelnden Kristalle in seiner Struktur. Von strahlendem Licht umhüllt und auf einer glänzenden Perle sitzend, die aus einer Muschel ragte, zeigte sich ein magisches Wesen: sehr zart und fein. Es war die Elfenfee Leilani. Mit einer zauberhaften Leichtigkeit und einem Aussehen, das sie kaum älter als Malu selbst erscheinen ließ, flüsterte sie mit Engelsstimme: „Ich habe dich schon erwartet, Malu! Du hast das Portal zu mir gefunden." „Welches Portal?", fragte Malu. „Auf dem Weg durch die Turmalin-Stadt bist du durch ein Portal gereist. Durch das Gefühl tiefer Freude in deinem Herzen hast du dich transformiert. Es hat sich dir der Eingang in meine Welt geöffnet: Die Welt der Wahrheit von allem, was es gibt. Es ist eine andere Dimension als die,

die du bis jetzt gekannt hast. Das Leben von euch Menschen spielt sich auf der dritten Ebene ab und du hast den Durchgang zur vierten Ebene gefunden, zu Akasha. Dies ist eine andere Dimension von der aus die Wahrheit von allem, was es gibt, erfahren werden kann. Menschliche Augen nehmen nur wenige Prozent von alldem wahr, was hier ist. Die restlichen über neunzig Prozent sind für die meisten unsichtbar. Die Wahrheit jedes Menschen führt nur über die vierte Dimension, über Akasha ins Reich der Träume und zur multidimensionalen Welt. Eine neue Welt, die sich dir öffnet."

Malu schluckte, „Akasha", das hatte Mutter erwähnt. So etwas hatte er sich nicht vorstellen können. Wie ist das möglich, „eine neue Welt"?

„Erinnere dich, Malu, möglich ist das, was du glaubst."

„Ja aber, warum bist du so jung, Leilani?" „Ich bin nicht jung, ich lebe schon hunderte von Leben. Mein Alter kann sich anpassen, je nachdem, mit wem ich gerade spreche und abhängig davon, wie mich mein Gegenüber am besten verstehen und wahrnehmen kann. Welche Frage führt dich zu mir, Malu?" „Ich verstehe meine Träume nicht, verstehe nicht, wer ich bin." „Du meinst, du möchtest wissen, wie deine Wahrheit von hunderten von Leben aussieht und du möchtest den wahren Grund für deine Existenz auf der Erde, der dritten Dimension, kennen?" „Ja genau." „Eine sehr gute Frage, lieber Malu. Es braucht Mut, seine Bestimmung kennenlernen zu wollen, doch habe Geduld. Dies kannst du dir nur selbst beantworten. Kein anderer hat sie je geträumt, gefühlt und durchlebt, außer dir und deinem Selbst. Ich führe dich zu jemandem, der dir helfen kann, die Reise zu deiner Vergangenheit und zu deinen Träumen wieder anzutreten. Folge dem Pfad der sieben Tikis im Zwergenwald. Er führt dich zum heiligen Berg der Seelen, in dessen Mitte sich die Felshöhlen der weißen Magier Lanai und Luana befinden. Sie werden auch als die Träumer der alten Welt bezeichnet und können dich lehren, wie du das, was du brauchst, herausfinden kannst." Die Elfenfrau richtete ihr Drittes Auge auf einen prächtigen, hexagonal geformten Kristall. Der Turmalin spaltete sich in zwei Teile und öffnete einen beleuchteten Durchgang, der von kleinen Kristallen übersät war: Ein leuchtender Waldboden voller glitzernder Kristalle.

Dankend verabschiedete sich Malu von Leilani und machte sich auf den Weg zum heiligen Berg der Seelen. Der Wald war riesig und die Bäume so groß, dass sie ihm jede Sicht zum Himmel versperrten. Ihre Baumkronen ragten wie ein schützendes Dach über jeden, der den Wald durchquerte. Baumstämme von fünfzehn Metern Durchmesser, so etwas hatte er noch nie gesehen. Der Name Zwergenwald bedeutete nicht, dass hier Zwerge lebten, sondern dass sich jeder, der den Wald durchqueren wollte, der Erfahrung stellen musste, sich so klein wie eine Waldameise zu fühlen. Dieser Gedanke ließ Malu innerlich schmunzeln. Hier war alles größer: Selbst die fleißigen Ameisen, welche ab und zu seinen Weg kreuzten, waren drei Mal so groß wie er. Es gab Pflanzen, welche sich in lassoähnlichen Würfen bewegten, Tausendfüßler mit sieben Fühlern, fliegende Fische und Libellen, die einem regenbogenfarbenen Chamäleon ähnlich sahen. Aber alles, was er sah, war liebevoll. Glühgümper und Schmetterlinge aus Edelsteinen leuchteten im Mondlicht und wiesen ihm wie ein glühendes Feuer den Weg. Schließlich gelangte Malu an eine Weggabelung, wo sieben kräftige Tiki-Baumstämme, aus einfachem Holz geschnitzt, seinen Weg kreuzten. Tikis stellten für ihn seit er denken konnte, die Verbindung zu einer anderen Welt dar: Sie bedeuteten Glück. Und in einer anderen Welt – da musste er jetzt sein …

Als er sich für den Weg, der nach rechts führte, entschied, und sich weiter in die Richtung fortbewegte, die ihm sein Herz zeigte,

fiel ihm auf, dass alles um ihn herum so verändert aussah. Wo waren die Turmaline mit ihren funkelnden Spitzen? Keine leuchtenden Glühgümper aus Edelsteinen mehr? Auch die Erde war nicht mehr von Kristallen übersät. Die Flüsse aus Gold waren nun rauschende Bäche aus Süßwasser. Wo war er? Hatte er sich richtig entschieden?

Ja, es musste richtig sein. Er war am Berg der Seelen angekommen. Eine tausende von Meter hohe, überhängende Felswand aus purem Kalkstein und kein Anzeichen einer Öffnung: keine Felsspalte oder ähnliches. Was sollte er tun? Malu erinnerte sich, wie er zur alten Elfenfee gefunden hatte und welches starke, berührende Gefühl ihn überkommen hatte, als er die funkelnden Edelsteinformen sah. Er versuchte sich vorzustellen, wie die Wände sich für ihn zur Seite schoben und ihm Einlass gewährten. Doch ein Gefühl von Freude konnte er zu diesem Zeitpunkt einfach nicht aufbringen. Es war alles so karg hier und glich einer Landschaft, die für ihn leblos und unfruchtbar aussah. Die Wände kamen ihm einfach zu groß und nahezu undurchdringlich vor. Da, nur wenige Meter vor ihm erblickte er wie aus dem Nichts einen zirka fünfzig Meter hohen Eukalyptusbaum, welcher ganz allein aus dem kargen Waldboden seine Wurzeln zum Himmel streckte. Das war sein Platz für die Nacht.

Viele abgefallene, trockene und brennbare Äste lagen zerstreut unter dem kräftigen Baum auf dem Boden. Kurzentschlossen zog er seine beiden Feuersteine aus den Hosentaschen und begann, ein Feuer zu entfachen, um die Nacht in angenehmer Wärme zu verbringen.

Als das Feuer zu brennen begann und außer dem Knistern der lodernden Holzzweige alles still war, durchdrang Malu eine Stimme, die ihm zuflüsterte: „Geduld! Nichts ist so wie es scheint." Und dann begann es.

Ein Lichtstrahl, ausgelöst vom brennenden Feuer, brannte sich urplötzlich wie ein Messer in die große Felswand. Mit lautem Krachen öffnete sich eine Pforte, die den Weg ins Innere des Berges freigab. Das Feuer hatte die Macht, seine Gedanken zu bündeln, zu zentrieren und die gebündelte Kraft auf den Felsen zu leiten. Krach, zack, päng … einen Moment lang war es still.

„Komm herein!" Eine Stimme aus dem Felsen bat Malu, einzutreten. Mutig ging Malu durch die Öffnung und erblickte zwei strahlende Wesen in Gestalt zweier ganz normaler Menschen, die sich auf ihn zubewegten. „Hallo Malu, wir haben dich schon erwartet. Wir sind Luana und Lanai, die Träumer der alten Zeit, aus dem Land Lemuria. Das Element Feuer hat dir den Zugang in unsere Welt, einem weiteren Teil der vierten Dimension, geöffnet, denn du hast friedvoll und geduldig am Felsen gewartet und dich nicht vom Anblick der kargen Landschaft verwirren lassen."

Worte kamen Malu nicht über die Lippen. Nicht einmal ein Hallo, denn im Hintergrund der beiden erblickte er einen riesigen, unbeschreiblich hell leuchtenden Kristall. So etwas Schönes hatte er noch nie gesehen: weiß-violett funkelnd. Es musste eine Mischung aus weißdurchsichtigem Felsen-Bergkristall und lila Leucht-Amethyst sein. Der Anblick hatte ihm prompt die Sprache verschlagen. „Hey Malu, alles in Ordnung, dies ist der große Kristall von Akasha, den wir seit tausenden von Jahren hier aufbewahren. Nur die wenigsten haben ihn je gesehen. Es ist der Kristall unserer Ahnen auf Lemuria und diente ihnen für das Empfangen und Übermitteln von wichtigen Botschaften. Ja, er ist noch viel mehr, als wir uns alle vorstellen können." Lanai und Luana lachten herzlich. „Komm, setz dich zu uns."

„Was ist Lemuria?", fragte Malu. „Lemuria ist ein Land, das vor vielen, zehntausenden von Jahren, von der Erde, dem blauen Planeten, weggegangen ist oder die normale, euch bekannte Welt verlassen hat. Es bewegt sich nicht mehr in der dritten Dimension und kann nur von jenen gefunden werden, die wieder reinen Herzens sind. Menschen haben zu dieser Zeit großes Wissen über viele Talente und Fähigkeiten besessen, das in der Welt der sieben Kontinente nicht mehr gelebt werden wollte. Einige negative Kräfte der Macht und des Egos haben dessen Platz eingenommen. Über viele Jahrtausende blieb eine große Stille über diese vergessene Vergangenheit und Wahrheit. Jetzt ist die Zeit gekommen, wo Wissende, alte inkarnierte Seelen, Menschen wieder die Erfahrung machen möchten, die lemurischen Verhaltensweisen zu lernen, um einst in ihre Dimension zurückzukehren. Aber nun zu dir. Du möchtest herausfinden, was deine Träume dir sagen wollen und wie deine Bestimmung aussieht?" „Wie könnt ihr dies schon wissen?", fragte Malu. „Wie du von Leilani schon erfahren hast, geschieht die Kommunikation in unserem Bewusstsein über Telepathie: die Verständigung der multidimensionalen Welt. Wir sprechen nicht viel mit Worten. Unsere Kommunikation führt über die Sprache des Herzens." „Bitte lehrt mich, sie auch zu beherrschen. Sagt mir, wie meine Zukunft aussieht und was ich tun muss, um meine Vision zu finden." „Lieber Malu, du sprichst die Sprache der vier Elemente, du hast eine große Gabe. Auch lebst du auf dem achten Kontinent, welcher die Verbindung zum alten Lemuria wiederherstellen kann. Heute Abend wirst du die erste Einstimmung erhalten: ein Ritual zum ersten Schritt, welches deine innere Kraft verstärken wird und dir den Zugang in die multidimensionale Welt ermöglicht. Es gibt sieben Haupt-Energiezentren, die Chakras, im menschlichen Körper. Es sind Öffnungen, durch die Energie hinein- und herausfließt; man kann sie auch als Energietrichter bezeichnen. Wir beziehen die positive Energie vom Universum. Jedes Chakra hat mit Charaktereigenschaften zu tun und ist mit deinen Gedanken, deinen Gefühlen und deinen Taten verwoben. Durch die Einstimmung werden deine Chakras aktiviert, damit sie bereit sind, sich stärker mit deiner Original-Energie zu verbinden. Außerdem wird deinem höheren Selbst, deiner inneren Stimme, mehr Führung, mehr positive Macht und Bewusstsein ermöglicht. Nur so kannst du erkennen, was zu deiner Bestimmung gehört, um deine Vision wiederzufinden."

Nun war es so weit, die Dämmerung brach herein. Die Einstimmung begann. „Schließe deine Augen und falte deine beiden Hände auf dem Herzchakra zusammen." Malu spürte, wie die beiden weißen Magier sanft seine beiden Hände berührten und sie in Richtung Stirnchakra bewegten, um sie dort zu positionieren. „Was wird mit mir geschehen?", fragte er sich. Eine angenehme Wärme füllte den Raum in seinem Inneren. Er bemerkte, wie sich die Wärme zu zentrieren begann und ein Licht im Inneren seines Kopfes das Dunkle immer mehr erhellte. Er hörte die Worte: „Alles Wissen steckt in dir – es muss nur geweckt werden."

Urplötzlich bewegte sich ein gebündelter Lichtstrahl mit großer Geschwindigkeit auf ihn zu, 5, 4, 3, 2, 1 … puff.

Der Lichtstrahl traf ihn mitten in die Stirn. Sein Stirnchakra glühte, sein Drittes Auge vibrierte, dann fühlte es sich wach und klar an. Ein Gefühl von Erleichterung und Leichtigkeit überkam ihn. Dann war das grelle Licht weg. Eine angenehme Stille füllte den gesamten Raum. Malu hatte eine Gewissheit erhalten. „Ein Schlüssel war es … ich habe den ewigen Schlüssel der Gezeiten gesehen", kam über seine Lippen.

Eine knappe Stunde, welche sich wie fünf Minuten angefühlt hatte, war vergangen. Malu öffnete die Augen… Alles, was er sah, war von gefühlter Freude und Liebe überzogen. „Wie ist es dir ergangen, Malu?", fragte Lanai. „Hast du eine Botschaft erhalten?" „Ja!", antwortete Malu. „Ich habe den Wegweiser zu meinen Träumen gefunden!"

2. Die Verbindung zur Vision

Der Tag neigte sich dem Ende zu und es war an der Zeit, den Platz für die Nacht zu finden. Luana und Lanai teilten Malu eine Felsspalte zu, die ganz mit Moos überwachsen war und ein kuscheliges Bett bildete. Der Geruch von Stein, feuchtem Moos und herben Kräutern kitzelte seine Nase. Eine Überdachung aus Palmenblättern, an denen unterschiedlich große Traumfänger befestigt waren, gab ihm Schutz vor dem Licht der Glühgümper und den feuchten Traumtropfen, die morgens als Tauregen vom Himmel fielen. Jetzt war er bereit für seine Träume.

Die Sonne ging langsam auf und das Licht strahlte in die klatschnasse Felsspalte hinein, in der Malu sich am Abend zur Ruhe gelegt hatte. Blinzel, blinzel… seine Augen öffneten sich immer mehr und in einem Satz sprang Malu auf. „Puh, war das eine Nacht!" Die beiden Magier, welche schon vor ihm am großen Feuer Platz genommen hatten, warfen ihm zwei entspannte Blicke zu. „Hast du gut geträumt?", fragten sie ihn gleichzeitig. „Wunderbar und zugleich irgendwie anders." „Ja?", schmunzelte Luana mit kichernder Stimme. „Ich habe von einer Reise geträumt – zum anderen Ende des Regenbogens. Von einer Reise zu den Sternen und zu einem Ort, an dem in Büchern alles über die Menschen geschrieben steht." „Du hast von einem anderen Land geträumt, dem Land der Visionen?" „Ja, die drei ineinanderfließenden Kreise wurden mir in der vergangenen Nacht über den Regenbogen überbracht. Ein Regenbogen-Reiter übergab sie mir als Werkzeug für meine weitere Reise zur sechsten Dimension." „Hat der Regenbogenreiter dir auch gesagt, was die geheimnisvollen Kreise bedeuten und was ihre Aufgaben sind?" „Ich denke, ich habe es verstanden." „Wie hast du es verstanden?" „Ich denke, sie sind für einen späteren Zeitpunkt bestimmt und führen zusammen zu einem Ganzen, das ich auf meiner weiteren Reise benötigen werde." „Es spielt eine wichtige Rolle für deine Bestimmung und du hast letzte Nacht ein wichtiges Puzzleteil für dein baldiges Abenteuer bekommen. So wird es sein."

Akasha bestand aus einer nicht endenden Landschaft aus Felsen. Doch was Malu erst jetzt auffiel, war, dass sich in der Höhe einiger Felsvorsprünge ebenfalls traumhaft schöne, hellblaue, aquamarinfarbene Kristalle befanden. Der Anblick war eine Pracht. „Dies sind die Kristallstätten von Akasha. Es ist der heiligste Ort unserer Dimension", sprach Lanai. Von hier aus, aus der vierten Dimension, konnte der Zugang zu allen Träumen hergestellt werden, die in der sechsten Dimension aufbewahrt wurden, um jede Bestimmung und Vision der Erdenbewohner wiederzufinden. Die Voraussetzung dafür war die Zustimmung von ganzem Herzen, welche jeder selbst treffen musste.

„Aber wie komme ich von Akasha weiter?", fragte Malu und schaute die beiden Magier mit großen Augen an. „Dafür sind wir da. Zu unserer Aufgabe gehört es, jedem weiterzuhelfen, der den Zugang zum Schlüssel der Gezeiten und zu sich selbst bekommen hat und der sein altes Wissen vom Buch der Wahrheit von ganzem Herzen leben möchte."

„Heute Nacht werden wir zu dritt die sechste Dimension besuchen. Wir werden dich begleiten und du wirst dein Wissen wiedererlangen." Die Zeit war gekommen und die Reise in eine andere Gegenwart konnte beginnen. Malu wusste, dass es danach kein Zurück gab. Er wusste, dass es für ihn eine neue Zukunft bedeutete, doch nach der Wahrheit seiner Geschichte zu suchen und danach zu handeln, schien ihm das einzig Richtige. Die drei legten sich gemeinsam auf eine große Liege aus Holz, die mit mehreren Schichten von Blättern bedeckt war. Die Felsen bildeten ein Dach, welches ihre Körper vor Nässe schützte. Vor dem Eingang in die Felsspalte brannte ein Feuer, das ihre Gedanken im Einklang hielt und sie wärmte. Diese Reise geht nur über den Geist, die Gedanken und die Fantasie. Es ist ein Flug mit dem höheren Selbst, den jeder selbst bestimmen kann. Doch zugleich sind sie eins in einem Traum und alle müssen hundertprozentig dafür bereit sein.

Es konnte losgehen. Sie atmeten gemeinsam ruhig ein und hielten die Luft für drei Sekunden an. Dann atmeten sie im selben Rhythmus wieder aus. In ihrer Vorstellung gab es verschiedene Schalter, die diversen Körperstellen zugeordnet waren. Im Geist, in Gedanken schalteten sie gemeinsam alle aus. Linker großer Zeh, rechter großer Zeh, linke Handfläche, rechte Handfläche, Kronenchakra, Chakra beim dritten Auge und Halschakra … bis sie schlussendlich alle notwendigen Stellen mit einem Knopfdruck ausgeschaltet hatten. Die drei ließen ihr Bewusstsein zu den Füßen sinken und stellten sich ein schweres Holzstück vor, das zum Grunde eines tiefen Teiches sank. Bum, … es war unten angekommen. Von nun an waren sie im selben Traum … eine Höhle mit einem hellen weißen Licht wies ihnen den Weg. Sie gingen durch den Eingang und erblickten an der hintersten Stelle einen großen, geflochtenen Korb aus Weidenholz, an dem ein starkes Seil befestigt war. Vorsichtig stiegen die drei in den Korb. Das Seil fing an, sich zu spannen, und mit einem Knirschen wurde der Korb nach oben gezogen: 100 Meter, 1000 Meter, 10 000 Meter, … plusch … zack …

Wo waren sie? – Sechste Dimension! Eine riesige grüne Wiese vor ihnen, ein kleiner Bach, der sich durch sie hindurchschlängelte und ein märchenhafter Wald. Ja, und dieses wunderschöne Haus aus Holz, ein riesiger Bambus und ein Dach aus Palmenblättern. Das hölzerne Äußere des Hauses war von eingeritzten Symbolen überzogen, glänzte und leuchtete. Die drei spürten, wie ihre Herzen zu springen begannen und die Freude in ihrem Inneren fing an zu tanzen. Dieser Anblick war selbst für Luana und Lanai unglaublich. Die Vordertür des Hauses öffnete sich und ein weißes Wesen stapfte langsam auf sie zu. Es sah aus wie halb Mensch, halb Elfenfee, halb Frau, halb Mann. „Wer seid ihr?", fragte es schließlich, als es ihnen gegenüberstand. „Wir zwei sind die Lichtführer, die Träumer aus Lemuria, Luana und Lanai, und das ist Malu. Wir haben ihm den Weg zu dieser sechsten Dimension gezeigt, denn er will seine Bestimmung finden. Und was oder wer bist du?" „Ich bin der Hüter der heiligen Bibliothek und ein Lichtwesen namens Anela oder in eurer Sprache, Engel."

Alle drei schluckten. „Ein echter Engel?", fragte Malu und kam aus dem Staunen fast nicht heraus. „Sicher, ich kann euch gerne weiterhelfen, kommt herein." Im Inneren des Hauses war ein langer Flur zu sehen, der kein Ende zu haben schien. Hier waren Millionen, ja sogar Milliarden von Büchern untergebracht und jedes war einzigartig in seiner Farbe und Form. So etwas hatte Malu noch nie gesehen. „Wieso sind da so viele Bücher?", fragte Malu. „Das sind Visionen/Bestimmungen, die abgemacht wurden, mit den zugehörigen verschiedenen Leben jedes Menschen, mit Gedanken, Gefühlen und Taten. Sie alle sind auf den sieben Kontinenten gelebt worden." „Und der achte Kontinent, woher ich komme, wo sind diese?", fragte Malu forsch. Der Engel guckte ihn an. „Hier!" Anela zeigte auf ein zehn Quadratmeter großes Zimmer, das im Vergleich mit dem anderen Teil der großen Bibliothek doch so winzig aussah. „Ihr Bewohner des achten Kontinents habt diese Brücke schon durchlebt. Eure Leben wurden abgeschlossen und sind auf der übrigen Erde erfüllt worden. Bei euch hat sich ein erweitertes Bewusstsein verankert und du bist dazu auserwählt, Lehrer zu sein. Ein Lehrer oder ein Meister, wie ich es gerne sage." „Meister … worin soll ich denn ein Meister sein, was kann ich schon jemanden lehren?" „Dafür, lieber Malu, werde ich Einsicht in dein Buch nehmen, um zu ergründen, was genau deine Aufgabe ist." Anela nahm ein Buch aus dem Regal und legte seine Hand darauf. Wenige Sekunden später öffnete er wieder die Augen. „Ok, jetzt ist es mir klar." „Was, wie?", reagierte Malu verblüfft. „Schon fertig? Ist das alles, was dort über mich steht, der Titel?" Anela lachte. „Ich habe alle Seiten des Buches gelesen. Nicht nur die Hülle. Eine Technik, in die wir Engel eingeweiht werden, um unsere Zeit für das Wesentliche zu sparen", grinste er. In diesem Raum war außer den Büchern niemand und nichts zu sehen. Also wofür konnte Anela wohl seine wertvolle Zeit benötigen?

Egal, Malu war ja schließlich hergekommen, um seine Bestimmung zu erfahren und nur das zählte für ihn. „Was hast du gesehen, Anela? Ich bitte dich, sag es mir!" „Ich habe gesehen, dass du eine weitere Reise machen wirst. Sie wird dich direkt zu den sieben Kontinenten führen, wo du eine Aufgabe zu erfüllen hast." „Zu den sieben Kontinenten der Erde? Dorthin, wo die Menschen leben, welche ihrer Bestimmung wenig Wert schenken, soll ich hingehen?" „Ja, so hast du es selbst vor etlichen Jahren bestimmt. Du wirst diesen Menschen helfen, den Weg zurückzufinden, zu ihrem höheren Selbst, damit sie ihre innere führende Stimme wieder hören können, um glücklicher und gesünder zu leben." Malu staunte und zugleich spürte er, dass Anela recht haben musste. Er wusste ganz tief im Inneren, dass dies seine Wahrheit war. Doch ebenso war er sich nicht annähernd im Klaren, was er den Menschen sagen sollte. Wie sollte er sich auf Erden verhalten und wohin würde er genau gehen? An diesem Abend saßen die vier gemütlich um ein großes Feuer herum. Das Gefühl war vertraut und Malu war bereit, sich auf das Abenteuer einzulassen.

3. Die Reise zur Erde

Am nächsten Morgen öffnete Malu die Augen und streckte sich. Er kniff sich in die Nase. „Habe ich geträumt?" Nein, es war wirklich so, wie er es gestern erlebt hatte. Anela war schon auf den Beinen. „Heute werden wir zusammen besprechen, was du für deine Reise mitnehmen musst. Ein Rucksack mit Zutaten, sozusagen. Natürlich nur in Gedanken, denn deine Reise wird über Gedanken, virtuell, sein. Doch dies wirst du, dort wo du hingehst, mit der Zeit nicht mehr wahrnehmen, du wirst dich mit deinem Erdenkörper verbinden. Es ist wichtig zu wissen, dass auf der Erde noch andere Werte herrschen. Also wundere dich nicht. Und das Wichtigste", … er holte tief Luft …, „ja, die Möglichkeit besteht, dass du mit den Jahren alles vergessen wirst, was wir hier besprochen haben. Auch du wirst eine Erfahrung machen. Ein Verhalten, das dich seit deiner Kindheit geprägt hat, wird versuchen, Macht über dich zu gewinnen und auch deine Seele zu beeinflußen." Anela ließ ihn nicht wissen, worum es sich genau handelte, denn Malu sollte dieselben Voraussetzungen mitbringen wie jeder andere Mensch. „Du wirst dein Bewusstsein verlieren und dich in einer tieferen Schwingung bewegen als du es gewohnt bist. Also, die Energie wird sinken. So kannst du dich integrieren und ein Teil von ihnen sein. Aber lass die Energie nicht zu weit absinken, denn nur sie ermöglicht dir den Rückweg. Ich werde dir etwas mitgeben, das dir auf Erden nützlich sein wird – sei es für dich, um dein Bewusstsein, deine Energie wieder ansteigen zu lassen oder für die anderen Menschen, die dich finden werden, um ihnen den Rückweg zu ermöglichen. Was du brauchen wirst, ist der Energiefluss der drei ineinanderfließenden Kreise – der Mittelpunkt der Wahrheit. Er setzt sich aus drei Teilen zusammen und wird dir helfen, dem Ego, welches in der anderen Welt herrscht und die Macht hat, mit Liebe zu begegnen.

Der erste Teil ist die Macht deiner Gedanken", sprach Anela weiter. „Glaube immer an diese Kraft. Wofür und auf welche Weise du deinen Willen und deine persönliche Macht einsetzt, ist von größter Bedeutung. Es geht um das Ego im Menschen und den freien Willen, sich immer für das Gute zu entscheiden. In die Liebe zu investieren ist eine Fähigkeit, die auf der dritten Ebene, auf den sieben Kontinenten gelernt werden muss. Mit dem Glauben ist das Vertrauen an deine Bestimmung gemeint, an dich und deine Fähigkeiten, an Werte, die von universeller Herkunft sind und dem großen Ganzen dienen.

Auf der Erde glauben die Menschen an unterschiedliche Wahrheiten. Die zahlreichen Glaubenssysteme haben einen anderen Ursprung und verschiedene Absichten.

Jeder hat ‚recht' – aus seiner Sicht. Der Regenbogen besteht aus allen Farben und benötigt alle Menschen, doch darüber werde ich ein anderes Mal genauer berichten.

Kommen wir zum zweiten Kreis, den Emotionen. Wenn du nicht mehr an deine Talente und an deine Aufgabe, die du von hier mitgenommen hast, glaubst, dann verändert sich dein Bewusstsein und somit auch deine Lebensenergie. Dies hat Auswirkungen darauf, ob du langfristig glücklich bist und dich zufrieden fühlst. Das Gleichgewicht in deinem Inneren wird gestört: Yin und Yang verlieren die Balance. Mit der Zeit kann es sein, dass du nicht mehr wissen wirst, was deine persönliche Wahrheit ist oder was Unwahrheit für dich bedeutet. Vielleicht ist es dir auch nicht mehr wichtig und du gewinnst den Eindruck, dass es dir an nichts mangelt. Dann wirst du beginnen, deine wahren Gefühle zu überspielen und wirst vielleicht ein Meister darin, von außen als glücklicher und ausgeglichener Mensch zu wirken. Es gibt aber auch andere Lebensformen auf der Erde. Zum Beispiel Gefühle, die als Traurigkeit oder Wut empfunden und gelebt werden. Es wird Menschen geben, welche sich meisterhaft darin bewegen und so unbewusst ihre verlorene Lebensenergie mit Energieklaumustern zu überbrücken versuchen. Ja, es gibt verschiedene Verhaltensmuster, die du sicher kennenlernen wirst.

Der dritte Teil dieses Kreises ist mit deinem Körper verbunden. Jeder Körperteil ist verknüpft mit deiner Psyche und kann sich bemerkbar machen – mit Symptomen oder Krankheiten, die als Wegweiser wirken.

Alle deine Erfahrungen können dir helfen und dazu beitragen, dein Ziel, welches du nach Eintreten in diese Ebene verloren hast, wiederzufinden. Nimm jedes Zeichen als Hinweis und sei geduldig! Lass dich stets von deinem Herzen leiten, so wirst du den Weg zurück wieder finden! Glaube immer daran, dass du der Einzige bist, der deine Wahrheit genau kennt!"

Es war wieder Abend geworden und die Reise zur dritten Dimension näherte sich. Wie am Anfang der letzten Reise nach Akasha, war auch hier eine große Liege vorbereitet: dieses Mal ganz aus Papier und in der Form eines großen Buches. „Platz für vier?" Malu schaute fragend um sich. „Ja, auch dieses Mal werden dich Luana und Lanai begleiten, um sicherzugehen, dass du auch wieder zurückkommst", lachte Anela und fuhr fort, „und ich möchte auch schon lange wieder einmal ein solches Abenteuer erleben." „Also gehen wir zu viert?", fragte Malu. „Ja, wir sind zu viert am Start, werden aber beim Eintritt in die Atmosphäre die Erinnerungen und Verbindung vergessen. Jeder wird an einem anderen Ort geboren werden. Ebenfalls werden die Zeiten für uns unterschiedlich sein. Lanai ist der Erste, Luana die Zweite, dann kommst du, Malu, und zum Schluss werde ich das Tor von Akasha schließen. Erinnerst du dich

Malu? Du hast von Muria etwas mitgenommen!" „Ähm, ja, du meinst die vier Elemente?" „Genau, wirf das Element Erde zu Boden und der Wechsel wird beginnen." Malu nahm ein sandähnliches Pulver aus der Hosentasche und warf die nun schon getrocknete Erde zu Boden. Zisccccchhhh! „Gute Reise und auf ein baldiges Wiedersehen!", rief Anela und das Licht war für alle weg.

4. Das Erwachen

Ahhhhhh … bum … kam Malu rausgeschossen … „Wo bin ich? Was, wie, wo … ?" Kreischend versuchte er sich zu bewegen, was nicht funktionierte. Alles war durchnässt und er hatte keine Haare. Lachend schauten ihn zwei Paar Menschenaugen an. „Malu, hallo Malu. Endlich bist du zur Welt gekommen." „Was!!" So hatte er sich das Ganze nicht vorgestellt. „Ich bin ein Baby, ein Menschenjunges und auf diesem Kontinent. Ich kann nichts tun." Er strampelte und versuchte sich zu regen, doch nichts ging. Eine Frau, die er nicht kannte, nahm ihn in die Arme und drückte ihn liebevoll an ihre Brust. „Trink, Malu", sagte sie. „Warum kennen die meinen Namen?", fragte er sich. Anela hatte den Menschen bereits vor langer Zeit den Namen Malu übermittelt. Sie wussten, dass sie ihr Kind nach ihm benennen würden. Malu erinnerte sich an die Worte Anelas und daran, was alles würde passieren können. „Ja, wenigstens bin ich ein Junge und das hat sich nicht verändert!", schmunzelte er.

Er beschloss, diese Aufgabe anzunehmen und der Erfahrung, die das Leben mit sich bringen würde, nicht entgegenzuwirken. Malu durfte in eine Familie geboren werden, die sich sehr an ihm erfreute. Er wuchs in einem großen Haus auf mit einem Hund, der ihm viel Freude bereitete. Später kam noch ein Baby dazu und sie waren zu viert. Die Eltern versuchten so gut wie nur möglich für ihn zu sorgen und ihm eine Ausbildung zu ermöglichen, die ihn glücklich und zufrieden machen würde. Die Monate und Jahre vergingen und Malu kam in die Schule. Hier lernte er, dass er stillsitzen musste, wenn die Lehrerin sprach und dass Aufgaben und Wissen wichtiger waren als mit den anderen Kindern zu spielen. Auch wer sich freute oder Spaß hatte und dabei lachte, wurde meist bestraft: ihm wurde schlechtes Betragen nachgesagt oder er wurde mit schlechten Noten bewertet. Malu wusste nicht mehr, ob das die Wahrheit war und seine Lust, zu erkunden und das Leben zu feiern, verabschiedete sich immer mehr. In manchen Situationen beobachtete er die Menschen und nahm wahr, wie sie mit ihren Verletzungen und Wunden umgingen. Manche warfen Medikamente ein und versuchten, sich so von ihren Schmerzen zu befreien. So konnten sie weiter zur Arbeit gehen und ihre Körper funktionstüchtig halten. Andere wiederum gingen zu sogenannten Heilern, die ihnen die Probleme, die eigentlich als Zeichen und Mittel der Rückerinnerung dienen sollten, wegnahmen und sie von ihrem Schmerz befreiten. Wozu war das alles gut? Um zu vergessen?

Malu selbst begann ebenfalls immer mehr zu vergessen, welche Aufgabe er hier eigentlich erfüllen sollte. Auch an eine andere Zeit vor diesem Leben erinnerte er sich kaum noch. Was war geschehen? Mit nun zwanzig Jahren war es an der Zeit, den Schritt in Richtung Berufsplanung zu gehen. Doch immer noch fragte er sich, was er lernen sollte. Ein Kunsthandwerk? Es musste etwas mit Gestalten und Formen zu tun haben, das war ihm klar. Aber was? Er beschloss, die Antwort auf sich zukommen zu lassen.

Eines Tages war die ganze Familie auf einer der griechischen Mittelmeerinseln unterwegs und genoss erholsame Ferien. Sie schlenderten durch die Straßen, da erblickte Malu die vielen weißen Perlen, die bunten Edelsteine und die glänzenden Edelmetalle. Dieser Glanz des Metalls, der Schimmer der Perlen, diese Pracht. Inspiriert von der Schönheit, fing Malu an sich zu erinnern. Ein Gefühl, das er hier noch nicht kannte, überkam ihn. Was hatte es mit ihm zu tun? Er hatte das schon mal gefühlt, geliebt, ja bewundert. Er hatte ein Leben vor dieser Zeit, ja, er hatte auf Muria gelebt. Anela… sie hatten sich zu viert auf diese Reise gemacht und seine Worte waren gewesen: „Du wirst diese Erfahrung machen müssen und ein Verhalten erkennen, das dich seit deiner Kindheit geprägt hat." „Aber was geht hier vor sich?" Ein Blitzgedanke huschte durch seinen Geist: „Alles hat hier einen Preis. Die Menschen, sie leben nach diesem Preis und arbeiten für ihn. Sie verkaufen ihre Zeit im Austausch dafür. Sie machen sich viele Sorgen um die Zukunft und haben Schuldgefühle wegen der Vergangenheit. Deshalb lenken sie sich ab mit Arbeiten und glauben, je mehr sie besäßen umso eher verschwänden ihre Ängste. Gefühle wie Freude empfinden, glücklich und zufrieden sein – auch dafür brauchen sie Sicherheit und sehr oft definieren sie dies über Geld. Wie kann das sein? Es war doch einst, wie Anela gesagt hatte, vom Lebenssinn und der Glückslinie jedes Einzelnen abhängig, ob er oder sie sich erfüllt fühlt. Aber das scheinen die Menschen vergessen zu haben."

Er schaute umher: überall konzentrierte Gesichter, steife Gestalten und gestresste Frauen und Männer oder Menschen, die am Wegrand saßen und um Geld bettelten. Selten sah er ein fröhliches Gesicht, das kam ihm unwirklich vor. „Wo sind das Lachen und die Freude der Menschen geblieben?" Malu schluckte. „Womit könnte das zu tun haben?" Malu versuchte sich zu erinnern. „Weshalb kann der Besitz von Geld bestimmen, ob die Menschen sich traurig oder glücklich fühlen?" Die prächtigen Schmuckstücke, Metalle, Edelsteine und Perlen hatten ihn wieder auf den Gedanken gebracht. „Für die einen muss es eine Art Sicherheit sein, etwas das ihnen Wertschätzung vermittelt. Für die anderen bedeutet es Macht, welche sie im Zusammenhang mit den Schätzen der Natur verspüren. Die einen wiederum fühlen sich nicht würdig, da sie nichts besitzen. Sie sind unzufrieden oder wütend. Aber was ist Geld wirklich? Geld darf nicht als etwas Gutes oder Schlechtes angesehen oder bewertet werden. Geld ist Möglichkeit! Was kann alles auf dieser

Welt mit Geld bewirkt und verbessert werden! Doch die Menschen müssen sich von ihren Ängsten lösen, ihre Verletzungen verzeihen und ihre Enttäuschungen loslassen, um ihre Lebenskraft aufzubauen, ihre Bestimmung wiederzufinden und positiv durchs Leben zu gehen.

Sie haben vieles über die Wahrheit und ihre Talente vergessen und halten lediglich eine Fassade aufrecht."

Malu schluckte. Damit hängen hier so viele unehrliche Verhaltensweisen zusammen. Da kam ihm der Gedanke, dass er das Funkeln ebenso bewunderte und begehrte. Doch in Muria war das anders: Die Schätze der Erde lagen überall verstreut und wuchsen in doppelter Geschwindigkeit nach. Ja, sie waren uninteressant für alle Bewohner. War das seine Fähigkeit? Die Verbindung zur murianischen Welt? Ja, er musste einen Ausweg für diese Situation auf den sieben Kontinenten finden. Und die Kinder? Das Lachen und die Ausstrahlung der Kinder? Ja, sie war, sie ist anders. Sie ist echt! Was machen die Kinder anders? Die Kinder machen sich keine Sorgen. Sie überlegen nicht, was der richtige oder falsche Weg ist oder was sie tun müssen, um mehr Geld zu erhalten, um Rechnungen, Ferien usw. zu bezahlen. Malu überlegte … „Die Kinder müssen ein Puzzleteil sein, um dieses Verhalten auf der Welt zu ändern, damit die Menschen wieder an sich, ihre Fähigkeiten und ihre Bestimmung glauben. Diejenigen, die es wollen, müssen sich erinnern können an die Kindheit, an den Zeitpunkt, als ihre Gedanken sich noch in der Traumwelt bewegten und sie noch unbeschwert, freudig und voller Lebenskraft aufblühten. Ihre Gedanken waren meist von Glück durchströmt und verbreiteten eine positive Schwingung.

Der Glaube an die Kraft der positiven Gedanken ist es, den viele verloren haben. Was war in der Vergangenheit jedes Einzelnen nur geschehen?"

Als Malu an diesem Abend zu Bett ging, versprach er sich, dass er dies nie mehr vergessen würde. Er würde Luana, Lanai und Anela wiederfinden und mit ihnen zusammen eine Lösung erarbeiten – wie abgemacht.

Plötzlich, als er diese Gedanken ausgesprochen hatte, hörte Malu, wie sich draußen ein heftiges Gewitter zusammenbraute. Gleißende Blitze stürzten vom Himmel, der Sturm tobte und es donnerte. Blitz … krach … ein lauter dumpfer Knall und der Blitz war im Dach eingeschlagen. Die Fenster im oberen Stock des Hauses zitterten und ein heißes, helles Feuer fing an, sich explosionsartig auszubreiten. Es brannte! Sofort lief Malu die Treppe hinunter, griff das Telefon und alarmierte die Feuerwehr. Es dauerte höchstens zehn Minuten, dann klingelte es unten an der Haustür und eine Truppe Feuerwehrleute stürmte herein. Frauen und Männer hielten den Flammen ihre Wasserschläuche entgegen. Kurz darauf war der Brand gelöscht. Zum Glück hatte sich das Feuer nur im Dachgeschoss ausgebreitet und die Feuerwehr war sofort zur Stelle. In diesem Moment sahen ihn drei der Feuerwehrleute überrascht an. „Malu?", riefen sie mit Erstaunen. „Ja, der bin ich und ihr seid?" Da realisierte er es … Lanai, Luana und Anela! Er strahlte. „Endlich, wir haben dich gefunden. Wo hast du dich so lange aufgehalten? Die Verbindung zu dir war abgebrochen und wir haben dich gesucht. Wir wussten, dass – wenn du dich erinnerst –, das Feuer als Hüter der Gedanken uns den Weg zu dir zeigen würde. Puh, das war knapp … du hast die Entscheidung für deine Vision wieder getroffen. Jetzt haben wir dich nach langer Suche gefunden." Sie erzählten ihm, dass Luana und Lanai zwanzig Jahre vor seiner Zeit bei Pflegeeltern aufgewachsen seien und sich direkt erinnert hatten. Durch die Schwingung, die von ihnen ausging, hatten sie Anela, die als weibliches Wesen inkarniert war, vor einigen Jahren bei einer Geburtstagsfeier getroffen. Sie hätten sich alle nur aus einem

Gefühl heraus unterhalten, wobei auch Anela den Schalter zu ihrer Erinnerung umlegen konnte. Jetzt waren sie zu dritt auf der Suche nach Malu gewesen und die Resonanz hatte ihnen auch diesmal geholfen. Zu viert waren sie jetzt vereint und wussten, die gemeinsame Aufgabe konnte beginnen.

5. Der Plan

Als sich die vier Freunde an diesem Abend in geselliger Runde trafen, um ihr Wiedersehen ausgiebig zu feiern, beschlossen sie, ihren Erfahrungen einen Sinn zu geben. Malu erzählte von seinen Erlebnissen und davon, wie er Menschen wahrgenommen hatte. Er berichtete über seine Gedanken und dass er in den Kindern großes Potenzial sehe. „Die Kinder sind diejenigen, welche den Glauben in die Wünsche und Träume noch haben. Sie leben Freude, Begeisterung und Leichtigkeit und können dies auf die Erwachsenen übertragen. Träume bringen die Erwachsenen zurück zu ihren vergessenen Emotionen, die sie dringend wieder brauchen.

Die Kinder sind es, die unserer Aufmerksamkeit am meisten bedürfen. Ich möchte eine Schule gründen", sagte er unerwartet und mit klarer Stimme. „Ja, eine Schule!", gab Luana euphorisch zurück. „Ja, die Kinder dürfen diesen Glauben an eine traumhafte Zukunft nicht verlieren und dies muss ihnen gezeigt werden. Sie müssen sehen, dass es möglich ist, in dieser Traumwelt zu bleiben und als Tag-Träumer eine persönliche Phantasie-Welt zu erschaffen. Mit dieser Art der Gedanken werden sie sich eine positive Zukunft erschaffen können und sie werden glücklich bleiben. Ich möchte, dass wir ihnen die universellen Gesetze von Muria vermitteln und ihnen den ‚Weg des universellen Kriegers' zeigen, damit sie die Zeichen des Lebens deuten können. Ebenso möchte ich ihnen unsere Rituale und unsere Werkzeuge, mit denen sie selbst die Lebensenergie erhöhen können, mitgeben. Das Verständnis für eine Situation, ein Ereignis, welches im Leben passiert, führt immer über eine höhere Sichtweise. Denn nur wer die Sichtweise erweitert, kann ja bekanntlich Probleme als ‚für sich' erachten. Sonst würde es nicht Pro-blem, sondern Contra-blem heißen."

Malu war selbst überrascht, was er da von sich gegeben hatte. Sein Bewusstsein hatte sich in den letzten Stunden und Tagen zum Positiven gewendet. Die drei Freunde nickten. Es war eine gute Entscheidung, die Malu getroffen hatte und sie waren sich sicher, dass dies ein guter Weg war, um die Kinder, ja die Menschen, über ihre Träume zu Akasha und zu ihrer Bestimmung und Aufgabe zu führen. Das geräumige Feuerwehrdepot war für Einsatzbesprechungen gedacht, ansonsten stand es leer und konnte demnach von ihnen benutzt werden. Da Luana und Lanai hier mit dem Aufbau begonnen hatten und die Feuerwache nach ihren Vorstellungen gestaltet worden war, hatten sie die Nutzung dementsprechend beeinflussen können. Sie wollten Malu aber nicht das Gefühl geben, dass sein Gedanke bereits von ihnen geträumt worden war. Also genossen sie einfach das gute Gefühl und freuten sich über das gemeinsame Vorhaben.

Am nächsten Tag konnte die Umsetzung beginnen, denn aus vielen Reisen, die Anela in den vergangenen Leben gemacht hatte, wusste sie, dass binnen 72 Stunden ein erster Schritt für das Projekt gemacht werden musste: Die ersten drei Tage waren entscheidend und ausschlaggebend für das mögliche Gelingen. Mit Flugblättern, welche bei allen Einsätzen mittels einer Luftschleuder vom Feuerwehrwagen katapultiert wurden, machten sie auf ihre Schule aufmerksam. Sie nannten sie „Die Schule des Lebens".

6. Die Schule des Lebens

Sechs Monate waren vergangen und für das erste Schuljahr hatten sich 33 Kinder eingeschrieben, die an drei Tagen die Woche, jeweils 24 Stunden unterrichtet wurden. Das heißt, sie schliefen auch im Feuerwehrgebäude und konnten so ohne Ablenkung 72 Stunden aufmerksam an sich arbeiten. Den Eltern der Kinder war es wichtig, dass ihren Kleinen weder Rechnen und Schreiben, noch Geschichte oder Geographie beigebracht wurden, denn diese Fächer beherrschen sie selbst und konnten den Stoff an den übrigen Wochentagen mit ihren Kindern durchgehen. Sie fanden alle, dass „Die Schule des Lebens" der richtige Weg für ihre Kinder sei, um auf möglichst natürliche Art, Respekt und Disziplin zu lernen. Die vier Lehrer unterrichteten in unterschiedlichen Bereichen und das Gelernte konnte an den Wochentagen, welche sie mit ihren Eltern verbringen durften, geübt werden.

Zumindest am Anfang fiel den Eltern weder eine Veränderung noch eine Verbesserung auf. Anela begann die erste Stunde mit einer Vorstellungsrunde. Einige der Kinder waren sieben, andere acht Jahre alt. Nachdem sie sich alle vorgestellt hatten, begann Anela, den Kindern zu erzählen, was Energie – Lebensenergie ist. Sie zeigte den Kindern auf, warum wir diese benötigen und dass ohne sie kein Leben möglich sei. „Die Schule des Lebens' hat das Ziel, dass jeder Schüler seine Original-Energie wieder erhält, die ihn glücklich und gesund macht und mit der er alles im Leben erreichen kann, was er sich von Herzen wünscht. Ihr werdet in unserer Schule lernen, wie ihr unsere Technik und Philosophie anwenden könnt, um euren Energiefluss verstärkt zu aktivieren. So werdet ihr herausfinden, was euch tief in euren Herzen berührt und was euch als Person wirklich ausmacht. Die Energie wird fließen und euer Leuchten wird weitere Herzen berühren."

Sie erzählte ihnen, dass dies die Wirklichkeit sei, welche bestimmt, ob wir krank oder gesund, unglücklich oder glücklich sind.

„Erfolg liegt immer im Auge des Betrachters und wird mit genügend Lebensenergie bei jedem dazu führen, dass er das erhält was er gerade benötigt. Positive, universelle Energie ist das Wichtigste, was im Leben zählt, der Schlüssel, um sich selbst zu lieben und um alles in Liebe umzuwandeln."

7. Der Lichtkörper

Danach erzählte Luana über die Aura des Menschen und erklärte, dass die Aura ein Lichtkörper sei, der uns in Form einer Hülle umgebe, ein positives Schutzschild sozusagen. Sie lehrte die Kinder, dass diese Aura jedem Kind und jedem Erwachsenen dabei helfe, sich sicherer, ausgeglichener und selbstbewusster zu fühlen und dass es mit einer kleinen Aura normal sei, dass sich Ängste zeigen. Sie sind für uns da, um sie zu akzeptieren, aber dann genauer betrachtet und verändert zu werden, um unsere Aura zu vergrößern. „Wie wir das erreichen, werde ich euch später, im Laufe der nächsten Woche, demonstrieren. Ich werde euch zeigen, dass sich die Aura durch Charaktereigenschaften wie Wertschätzung, Dankbarkeit und andere vergrößern kann."

Gegenseitig versuchten die Kinder, diese Aura zu spüren, aus einer Distanz abzutasten und einen feinstofflichen Widerstand wahrzunehmen. Ja, die einen begannen, von unterschiedlichen Farben zu sprechen, die sie sehen würden. Sie berichteten, dass sich dieses Strahlungsfeld am Kopf am stärksten ausdehne und teilweise wie eine Glühbirne das Licht abstrahle. Im zweiten Teil wurde der Begriff Chakra durchgenommen. Er steht für unsere Energiewirbel, die sieben Hauptchakras, und bezeichnet Stellen, an denen unsere Energie in uns hinein- und hinausfließen kann. „Ihr könnt euch dies so vorstellen: Wir sind Energie, und wenn wir uns nicht mehr auf unserer Glückslinie befinden, gehen wir von der Energie weg!", sagte Luana. „Die Energie ist etwas Gutes und ihr findet sie am ehesten, wenn ihr so ehrlich wie möglich seid", lachte sie. „Ja, aber wieso haben dann Menschen unterschiedliche Farben, die von ihrer Hülle angezeigt werden?" „Eine sehr gute Frage, Vaiana! Dies werdet ihr mit Lanai im zweiten Semester genauer anschauen. Was wichtig zu verstehen ist: Obwohl die positive Lebensenergie für jeden von uns Menschen vom Universum bezogen werden sollte, ist dies leider nicht mehr so. Wir, auf diesen sieben Kontinenten, haben uns mit unserem Verhalten sozusagen schlechte Gewohnheiten angeeignet, die wir an unseren Mitmenschen auslassen. Wir jammern ihnen gegenüber, streiten und sind neidisch oder verurteilen uns gegenseitig, weil sie oder die Lebensumstände nicht so sind wie wir erwarten. Manchmal möchten wir etwas nicht und sagen trotzdem ‚ja', um beispielsweise gut dazustehen. Wir sind schlicht unehrlich zu ihnen oder zu uns selbst. Dies entzieht uns unsere wertvolle Lebensenergie und nimmt uns den Selbstwert; wir gehen sozusagen von unserer Glückslinie weg. Auch werden wir traurig oder ängstlich, die einen werden wütend und undankbar –

das ist ganz unterschiedlich, je nach Vergangenheit und Prägung, die jeder mitbringt. Doch, wo ist unsere Energie hin, fragt ihr euch vielleicht? Sie ist auf jeden Fall weg und bei einer anderen Person gelandet, um es einfach zu sagen. Darum ist es als Erstes wichtig, unseren Kopf zu leeren, ihn von den negativen Gedanken zu befreien, die wir in uns tragen und oft unbewusst ihre Runden drehen lassen. Die Gedanken kreisen oft um Sorgen, Ängste und Zweifel und solange diese negativen Gedanken in unserem Kopf sind, kann unser Herz keine Liebe empfangen, demzufolge auch keine Liebe weitergeben."

8. Fokus Lebensenergie

Was im Leben der Kinder immer eine wichtige Rolle spielte, war Dankbarkeit: Dankbarkeit jedem gegenüber und unter allen möglichen Umständen. Dankbar zu sein für das, was jeder hatte und erleben durfte: die Familie, die Gesundheit und alle Arten von Erlebnissen, die man machen durfte. Dankbar zu sein, war etwas Zentrales und gehörte zum Wichtigsten. Auch, wenn es dem einen oder anderen noch so unerklärlich vorkommen mochte, gehörten ebenso die unschönen Erlebnisse dazu. Auch diese hatten Dankbarkeit verdient. Für die Erfahrung und den Lernprozess sind bis heute genau diese Dinge zentral. Sie tragen entscheidend dazu bei, ob wir uns weiterentwickeln oder eben nicht. Sie sind sozusagen ein Sprungbrett der eigenen Meisterschaft. Dankbarkeit ist positive Energie und fließt erst, wenn unsere negativen Gedanken aus dem Kopf verbannt sind.

Stress, auch wenn das Wort für die jungen Schüler noch eher abstrakt war, hatte ihn jeder von ihnen bereits auf viele Arten erfahren. Doch was sie lernten, war meist nicht, warum Stress eigentlich da war und wie man mit ihm umgehen könnte. „Was genau löst Stress in dir aus?", fragte Malu einige der Schüler. Und alle kamen zu dem Schluss, dass sie, wenn sie Stress fühlten, schlussendlich bei der Angst landeten. „Kein Aussenstehender Dritter und kein Umstand ist verantwortlich für unseren Stress. Wir, jeder selbst, ist verantwortlich für die Stress-Quelle. Mit Selbstreflexion und Eigenverantwortung kann sich jeder auf die Suche nach seiner Angst machen, um sich ihr zu stellen.

Ängste lösen viele Fragen in euch aus, Fragen, auf die ihr bewusst oder unbewusst eine Antwort sucht. In Gesprächen, die ihr mit allen Menschen führt, die euch begegnen, gibt es gewisse ‚Impulse': Worte, Aussagen, die euch auffallen oder tief berühren. Sie können schmerzhaft sein, eine Form von Wut zeigen oder andere Gefühle in euch zum Ausdruck bringen. Die Gespräche können euch noch so banal vorkommen, doch sie enthalten Zeichen und Antworten des Universums auf die vielen Fragen, die ihr euch vielleicht innerlich gestellt habt. Die ‚Impulse' kommen auch aus Büchern oder sie erreichen euch über Filme. Die Antworten sind direkt nach eurer Frage, aber spätestens nach 72 Stunden da. Doch ihr müsst sie über die innere Stimme, euer höheres Selbst oder eure Intuition wahrnehmen. Das Entscheidende ist, das Wesentliche für euch persönlich, in jeder Lebenslage zu sehen. Das heißt, zu verstehen, was eine Situation euch sagen möchte. Auch in Träumen, über die wir noch sprechen werden, sind ‚Impulse' und Botschaften zu finden, die das Universum uns übermitteln will. Der Kopf muss dafür möglichst leer sein. Wir müssen lernen, frei von negativen Gedanken zu sein, um mit dem Herzen und dem dritten Auge zu sehen. Die Reiki-Technik, eine alte Heilkunst, auch heilende Gedankenkraft, welche ihr noch kennenlernen werdet, hilft uns im Geist, positive Gedanken zu verstärken und die ‚Impulse' so immer besser zu erkennen, bis wir das ganze Zusammenspiel unseres Netzwerkes in unserem Leben sehen."

Eine weitere Lektion, die Malu durchführte, sah vor, dass jedes Kind einen Traum, den es letzte Nacht geträumt hatte, aufschreiben musste. Die Träume wurden von den anderen Kindern mit ihren unterschiedlichen Sichtweisen kommentiert, wodurch die Kinder in den nächsten Tagen lernten, mit den zum Teil anstrengenden Aussagen umzugehen. Es wurde ihnen erklärt, was Lebensenergie ausmacht, wieso man an manchen Tagen mehr oder weniger davon verspürt und was dies mit Gefühlen wie wütend oder zornig, freudig und begeistert, müde oder schwach, traurig oder gelangweilt usw. zu tun haben könnte. Dass positive Lebensenergie als Schlüssel für ein Leben mit einer glücklichen Zukunft die größte Wichtigkeit hat, wurde immer klarer. Die Kinder lernten durch praktische Übungen, Rollenspiele und den gemeinsamen Austausch. Sie lernten die Bedeutung von Verlust und Aktivierung der eigenen Energie kennen. Sie erfuhren, wie es sich anfühlte, wenn sie sich herablassend äußerten oder sich in harschem Tonfall ein Urteil über das andere Kind bildeten, es verurteilten oder, ohne dass sie gefragt wurden, mit Hilfestellungen kommunizierten. Stets spürten sie, wie dadurch Lebensenergie von ihnen abgezogen wurde. Ebenso erlebten sie, wie es sich anfühlte, selbst an sich zu zweifeln, unsicher zu sein oder mit Worten angegriffen zu werden.

„Jedes Unverständnis ruft einen Schmerz in unserem Herzen hervor und wenn wir den Schmerz zulassen, dann gibt es wieder negative Gedanken", sagte Malu. „Dies ist ein Prozess."

Die Kinder lernten Techniken und Hilfsmittel kennen, mit denen sie ihre innere Stimme, das eigene höhere Selbst, klar wahrnehmen konnten, um in jeder Situation und unter verschiedensten Umständen den für sie richtigen Weg zu finden und zu gehen.

Am folgenden Tag ging es um Träume. Malu sagte: „Es gibt Träume in der Nacht und Träume am Tag. Was steckt dahinter, ein Träumer zu sein? Träumen ist mehr als positiv denken. Träumen ist, wenn ihr es euch vorstellen könnt, es euch ausmalt und wenn ihr es spüren könnt. Der Gedanke bekommt so die Kraft, die er benötigt, um sich zu manifestieren, um sich zu verkörpern. Träumen ist eine riesige Macht, die wir alle in uns tragen, mit der wir alles erschaffen können und die wieder in uns geweckt werden will. Werft euren Anker aus und geht in Richtung dieses Ankers, geht dem Traum und dem Wunsch entgegen! Setzt euch Ziele, die ihr glaubt erreichen zu können, und geht von dort aus weiter, ohne euch ablenken zu lassen. Nehmt die Zeichen wahr und seht sie als wichtig an, denn sie sind es, die euch auf eurer Reise begleiten und euch als Richtungsschilder dienen. Ganz gleich, ob euch Erfolg oder Misserfolg auf dem Weg begleiten, bleibt stets fokussiert. Dann werdet ihr euren Herzenswunsch auch erreichen."

Um jedes neu erlernte Thema, das in dieser Schule gelehrt wurde, zu festigen, wurde ein einstündiges Ritual für die Kinder durchgeführt: eine Einweihung/Einstimmung, so wie sie einst Malu erlebt hatte. Die Einweihung bündelte alles, was sie zu diesem Thema gehört hatten zu einem großen Ganzen und zentrierte den Fokus und die Energie, um die größtmögliche universelle Kraft zu erhalten und den Glauben daran zu vertiefen. Die Chakras waren bereit für die Öffnung und die Schüler konnten dadurch alles stärker wahrnehmen.

Dies als Puzzleteil anzusehen, im eigenen Leben jedes Kindes, nahm die meiste Aufmerksamkeit in Anspruch. In der Stille hörte man die leisen Klänge harmonischer und inspirierender Musik, sitzend, die Hände gefaltet, die Augen geschlossen. Jeder der vier

Lehrer und Master konzentrierte sich ganz auf seine Aufgabe. Es war jedes Mal eine Energie angenehmer Ruhe und Gelassenheit im Raum. Nachdem die Einstimmung vorbei war, gingen die Kinder zu Bett, schliefen tief und fest und erwachten erst wieder am nächsten Morgen. Die Ausstrahlung war an jedem Morgen danach für alle auffallend anders, sichtbar. Es war gigantisch, es war Wirklichkeit und Lebensfreude: Die Augen waren weiter geöffnet, die Gesichter strahlten und die Gedanken, sie waren ruhig. Ruhig in dem Sinne, dass kein Kind zerstreut war, sondern sich mit positivem Fokus nach vorne richtete. Sie alle wollten ihre Träume und Wünsche erreichen und hatten ein Lächeln auf den Lippen.

9. Ein Land vor unserer Zeit – von der dreidimensionalen Welt zur magischen Welt

Als die Kinder nun schon sechs Monate „Die Schule des Lebens" besucht hatten, war es an der Zeit, ihnen über ein Volk zu berichten, von dem sie alle abstammten. Ein Volk, das vor mehreren 10 000 Jahren existiert und in der Vergangenheit der Erde eine wichtige Rolle gespielt hatte. Es war eine selten ausgesprochene Wahrheit, eine Geschichte der Vergangenheit, die in keiner „normalen Schule" unterrichtet wurde. Also beschloss Lanai, sie zu erzählen. Es war die Geschichte, wie die „Vier" sie von den Ahnen übermittelt bekamen und wie sie die als ihre persönliche Wahrheit wahrgenommen hatten.

„Vor mehreren 10 000 Jahren lebten auf dem Planeten Erde verschiedene Völker. Auf den verschiedenen Kontinenten gab es Bewohner verschiedener Volksgruppen, mit verschiedenen Fähigkeiten und Ansichten. Auf einigen Kontinenten lebten eher technisch begabte und logisch handelnde Menschen. Auf einem Kontinent namens Lemuria lebten welche, die die Schönheit liebten. Sie waren naturverbunden, liebten Kräuter und heilsames Essen, Tanz, Lachen und alles, was mit Romantik zu tun hatte. Ihr Umgang war respektvoll – mit allem und jedem. Sie lebten im Gleichgewicht mit den fünf Elementen: Erde, Wasser, Luft und Feuer – und mit dem Geheimnis des fünften Elements. Lemuria war wie ein Paradies zu dieser Zeit, das vom Meer umhüllt war. Über das ganze Land breitete sich ein helles, liebevolles und warmes Licht aus. Wie ein Schutzschild legte es sich über die große Insel und vermittelte den Lemurianern ein Gefühl von Geborgenheit. Es war eine abgeschirmte, freudige und mit viel Liebe gepaarte Magie mit hoher

Schwingungsfrequenz. Die Menschen lebten hier mit großem Respekt und zelebrierten das Sein. Auch Zwerge, Elfen und Feen hatten zu dieser Zeit ihre Berechtigung und lebten im Fluss einer ruhigen und sanften Energie. In den Bergen lagen die Kristallbauten: riesige Kristallpyramiden, die dem Zweck dienten, wichtige Botschaften zu übermitteln. Der gesamte Informationsfluss lief über diese Kristalle. Symbole wurden benutzt, um Materie zu erschaffen, also zu manifestieren. Die Schwingung, die von diesem Ort ausging, war enorm: eine Energie, welche nahezu unbeschreiblich war. Einer der größten und wichtigsten Kristalle war Akasha, der Stein der Weisen. In ihm waren viele wichtige Informationen gespeichert und durch ihn konnten die heiligen Botschaften mit den Informationen zum Anfang allen Seins, zum Ursprung der Erde mit ihren Bewohnern und deren Lebensaufgabe hergestellt werden. Der Stein von Akasha war für die Lemurianer das Heiligste aller Dinge.

Keine negativen Gedanken und Kräfte konnten ihre Lebensenergie stören – außer zum Ende ihres Daseins.

In den letzten Jahrzehnten der Existenz Lemurias herrschten immer mehr Unruhen in der übrigen Welt und auf den Kontinenten. Diese Wahrnehmung erschütterte viele Lemurianer zutiefst. Sie konnten ein solches Verhalten nicht nachvollziehen. Für sie selbst war es genug, auf dieser Insel zu leben, dies war ihre Welt. Doch von dem, was auf der gesamten Welt im Gange war, konnten sie sich nicht abwenden. Einige der Lemurianer hatten Zweifel, waren unruhig und voller Sorge. Die Wissenden der Lemurianer, die in den Kristallstädten in den Bergen lebten, wie auch die Träumer, merkten, dass eine schwierige Zeit für sie kommen würde. Viele spürten die Zukunft und wussten, dass eine wichtige Entscheidung bevorstand, die jeden Einzelnen betreffen würde. Sie befürchteten, dass Lemuria sich vom Rest der Welt abtrennen würde, um Akasha zu schützen und in eine andere Dimension überzugehen. Alle

Lemurianer konnten diesen Übergang nur mit hoher Schwingung überbrücken und nur so ihr Dasein auf dem lemurischen Kontinent weiterführen. Sie entschieden sich dafür, den physischen Körper zu verlassen und mit dem Kontinent Lemuria mitzugehen, um in einer anderen Dimension in eine körperlose Form zu verschmelzen, zu existieren und mit ihrem Wissen und ihren Kenntnissen von dort aus zu wirken.

Ansonsten, wenn sie die Energie nicht halten könnten, würde sich die Seele entscheiden, den Weg der dreidimensionalen Inkarnation zu wählen, neu auf dem blauen Planeten geboren zu werden und auf der Erde somit neue Erfahrungen zu machen. Der Lemurianer würde so in eine unbekannte Welt gehen, um sich dort wieder und wieder zu inkarnieren, bis seine Seele wieder im Einklang mit dem ursprünglichen Wesen stehen würde. Seine Energie würde dann wieder seinem Original entsprechen.

Die Verbindung zum Universum fühlte sich zu dieser Zeit für alle Lemurianer anders an als heute. Heute kennen wir zwei innere Stimmen: Die Stimme des ‚Niederen Selbst', welche vom Ego dominiert wird und uns glauben machen will, dass wir gar keine Lebensaufgabe haben. Die zweite in uns, das ‚Höhere Selbst' hingegen, möchte immer das Beste für unsere Seele und hilft uns, unsere Träume zu behalten und das zu erreichen, was wir uns als Kinder oft gewünscht haben, um unser Leben nach unseren Vorstellungen zu kreieren. Dies sind zwei Stimmen im Inneren jedes Menschen, welche die meisten von uns nicht mehr unterscheiden können. Das Höhere Selbst weist uns den Weg, der für uns der Beste ist und der unsere Verbindung zum Universum und zu unserem eigenen Lebensplan verstärkt. Deshalb ist es wichtig, in Meditationen und nach und nach auch immer öfter in Arbeitspausen und im Alltagsleben, positives Denken zu üben und mit einer Einstellung durchs Leben zu gehen, in welcher Glaube, Mut und Zuversicht zentral sind. So können Impulse wahrgenommen werden, mithilfe derer wir laufend unsere Fragen beantworten können. Zudem fällt es uns leichter, Entscheidungen mit dem Herz statt mit dem Kopf zu treffen, denn genau das ist für uns und unsere Mitmenschen das Beste. Dies war für die Lemurianer das Natürlichste, was es gab. Sie kannten nur eins, das Höhere Selbst, die Verbindung. Ihrem Ego gaben sie nicht den Platz, nicht den Stellenwert, den es heute besitzt. Es war klar: Die Entscheidungen wurden vom Höheren Selbst getroffen. Da war keine andere Stimme, denn sie waren Eins mit dem Universum und mit ihrem Lebensplan. Das Niedere Selbst durfte den Plan ausführen oder Berechnungen anstellen und hier ebenfalls seinen Job machen. Die Rollenverteilung war klar und eindeutig.

Doch jetzt, wo viele der Lemurianer sich in Konflikten und Ängsten verzettelten und sich von den äußeren Einflüssen ablenken ließen, würde die Verbindung auch für sie getrennt werden, weil ihre Energie und Schwingungsfrequenz sich rapide zu verändern begann. Das volle Bewusstsein von allem würde mehr und mehr verschwinden und nur noch ein Funke, eine unsichtbare, schwache Verbindung würde bleiben.

Und doch gab es Hoffnung! Jeder Lemurianer hatte verschiedene Talente, die ihn ausmachten und zu ihm passten. Es waren Talente wie die Fähigkeit, das Richtige und somit die Wahrheit zu erkennen. Es gab Lemurianer, die mit ihrer Art ihr Gegenüber berührten und als Spiegelbild sanft auf dieses einwirkten. Die einen hatten die Kraft, bedingungslose Liebe zu verkörpern und alles zu harmonisieren. Wieder andere konnten etwas, das nicht mehr in ihr Leben gehörte, schnell loslassen. Diese Talente durfte jeder mitnehmen und sie würden ihn begleiten, wohin er auch ginge. Ebenso würde jeder von ihnen die Verhaltensweisen, die zum Abfall seiner Schwingungsfrequenz geführt hatten und seine Energie sinken ließen, mit sich nehmen, um sich wieder zu heilen. Als Mensch musste er auf der Erde selbst erkennen, was geschehen war und was er verändern musste, um aus eigenem Antrieb und ohne Manipulation, seine Kraft, seine Energie – ohne Ego – zum Wohl der ganzen Menschheit zu steigern.

All das waren Botschaften, welche die Schwingung auf der Erde wieder ansteigen lassen würde, um einst von Glück überschwemmt und erleuchtet, als neu geborener Lemurianer wieder nach Lemuria zurückzukehren.

Als der Tag der Entscheidung gekommen war und Lemuria begann, sich zu dematerialisieren, zeigte sich sichtbar im Außen, wie sich das Innere jedes Einzelnen entschieden hatte. Die Lemurianer, welche ihre Energie und ihre innere Führung halten konnten, verließen die Erde und machten sich auf zur vierten Dimension. Zurückzubleiben war ebenfalls eine Entscheidung und führte zu einer Reise, die eine gute Absicht verfolgte.

Im Laufe vieler Leben jedes Wesens, machten die einen schnelle Fortschritte und fanden in kurzer Zeit wieder ihr ursprüngliches Gleichgewicht. Viele wurden aufgrund ihrer Fähigkeiten als Außenseiter verurteilt und verfolgt. Zu einem anderen Zeitpunkt wurden sie von den Menschen als aufgestiegene Meister angesehen oder heiliggesprochen. Das Bewusstsein dieser Lemurianer war oft grenzenlos und wurde nicht verstanden. Denn das noch wenig entwickelte Bewusstsein der Menschen wusste nicht, was es damit anfangen sollte. Andere Lemurianer verhedderten sich in Konflikten und webten große Wunden und Verletzungen in ihre Seele. Ihr gutes Karma wurde auch von schlechterem Karma und immer wiederkehrenden Kreisläufen durchzogen, wodurch ihre Lebensenergie mehr und mehr schwand. Ihnen war bewusst, dass auch sie gefangen waren in Zeit und Raum, im ewigen Kreislauf, in der Zeitschleife, wo niemand sich frei entscheiden konnte, ob und wo er inkarnieren würde. Der frühere Lemurianer wurde hier auf Erden immer mehr zum unbewussten Menschen und musste jetzt selbst lernen, den Anteil, der von seinem Ego beherrscht wurde, umzuwandeln und wieder in die Einheit von allem zu kommen.

Liebe Kinder, der lange Weg der Lemurianer von der Dualität in die Einheit ist noch nicht zu Ende und noch immer versuchen einige, sich auf der Welt des blauen Planeten aus der Vergangenheit, weiterzuentwickeln, um nach Lemuria zurückkehren zu können."

Es war eine tief ergreifende Geschichte, die Lanai den Kindern zumutete, aber es war die Geschichte ihrer Vergangenheit. Sie würde ihnen helfen, ihre Wahrheit leichter zu finden und den Fokus für ihre Zukunft auszurichten.

10. Der Fluss der Seele

„Kinder, ihr geht sicher oft in den Wald spielen und habt an den Bächen mit Zweigen und Steinen auch schon Staudämme gebaut?" „Ja!", rief Kaloe. „OK, wenn das Wasser gestaut wird, fließt weiter unten nur noch ganz wenig Wasser. Das ist das Ziel eines Staudammes, nicht wahr?" Die Kinder nickten. „Wenn im unteren Teil des Baches kein Wasser mehr ankommt, dann wurde oben gestaut. So ist es mit eurem Körper auch. Der Körper reagiert dann beispielsweise so, dass er ein Signal für uns aussendet in Form eines Symptoms. Er schaltet auf Modus krank, hat Schmerzen oder es passieren unerwünschte Situationen, die uns darauf aufmerksam machen wollen, dass etwas im oberen Teil des Baches, im Bereich des Gefühls, staut. Das kann etwas sein, das nicht versöhnt ist mit euch selbst, mit anderen Menschen oder einer Situation im Umfeld. Was würde jemand tun, der nicht über unsere Kenntnisse verfügt? Er geht vielleicht zum Arzt, lässt sich Medikamente verschreiben usw. Wichtig zu verstehen für euch: Der Arzt ist für manche Dinge wichtig und gut. Wenn ihr zum Beispiel etwas gebrochen habt, dann muss es wieder repariert werden. Unser Ziel ist es jedoch, die Impulse, die uns unsere Gedanken und Gefühle mitteilen, ernst zu nehmen und umzusetzen. So muss der Bruch des Beines eventuell gar nicht passieren, weil wir die Veränderung, die wir wahrnehmen, umsetzen und die Sache ändern, ohne abzuwarten, bis ein Bruch unser Leben bestimmt.

Jetzt versteht ihr ein wenig besser, warum es wichtig ist, die Gedanken stets zu prüfen. Der optimale Fall ist, wenn das, was ausgesöhnt werden möchte und muss, angesprochen oder vergeben wird. Wichtig ist, das mit einem aufrichtigen Gefühl zu tun. Es sollte sich danach gut anfühlen. Dementsprechend wird der Gedanke anders und wir können wieder einen Glauben zulassen, der vorher von unserem Gefühl abgewiesen und als Angst abgelegt worden war. Das Gefühl wird mit dem neuen Gedanken harmonischer und das, was wir verkörpern, wird ein anderes Resultat ergeben. Dies nenne ich Erfolg."

11. Die drei ineinander fliessenden Kreise

An einem der vielen Tage und Wochen, die sie jetzt schon zusammen verbracht hatten, entschloss sich Anela, den Kindern die Formel der magischen Kreise zu lehren. Sie zeichnete drei unterschiedlich große Kreise, die untereinander angeordnet waren. „Hier seht ihr drei Kreise", so Anela. Die Abfolge dieser Kreise ist in uns allen. Sie wirken miteinander, nacheinander und spiegeln unseren Körper. „Der erste Kreis bildet sich im Geist: Was du denkst, glaubst du.

Der mittlere Kreis dieser Abfolge ist die Seele oder das Gefühl. Es richtet sich immer nach dem ersten Kreis, den Gedanken. Gefühle basieren auf Erinnerungen und sind mit Angst, Freude oder anderen Emotionen verknüpft. Fließt die Energie oder ist sie blockiert? Wichtig ist es, herauszufinden, wo der Fluss unserer Seele staut. Indem ihr mit mehr Energie herausfindet, was passiert ist, und dies aus einer anderen Perspektive betrachten könnt, versöhnt ihr euch mit euch selbst und der Vergangenheit, um Kraft in eure Wünsche und Träume zu geben.

Der dritte Kreis, der ganz am Schluss von allem steht, besteht aus dem, was ihr tut, was ihr umsetzen könnt. Wollen wir etwas Neues erreichen als das, was wir schon haben, müssen wir etwas Anderes tun. Ändert sich die Sicht auf etwas und ihr glaubt an eine neue Wahrheit, als an die, die uns vielleicht erzählt wurde, verändert sich unser Gefühl und die Umsetzung wird ein anderes Resultat ergeben. Was euer eigener Gedanke und Glaube ist, werdet ihr lernen herauszufinden. Ihr werdet eure Impulse deutlicher erkennen und die richtigen Botschaften vom Universum bekommen. Mit der Zeit wird sich euer Denken mehr und mehr verändern und eine Ruhe wird sich einstellen. Jeder kann so finden, was er sich von Herzen wünscht und er wird seinem Wunsch immer näherkommen."

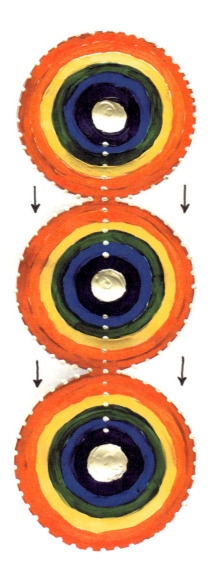

12. Die Kraft von Himmel und Erde – LaniHonua

Der „Pfad des Schicksals" oder der „Weg des eigenen Karmas", des eigenen Glücks wurde den Kindern von den Lehrern spielerisch nähergebracht, indem diese ihnen anschaulich demonstrierten, dass jeder auf seinem persönlichen Weg bleiben konnte, um seine Lebensenergie zu bewahren. „Sorgen und Konflikte, Unfälle oder unschöne Ereignisse können als Erfahrungen verstanden werden, um Verhaltensweisen und Einstellungen gegenüber anderen oder sich selbst umzudenken und zu verbessern. Es ist also normal, den ‚eigenen Pfad des Glücks' ab und zu zu verlassen, aber wichtig, ihn wiederzufinden und auf seinem Weg weiterzugehen." Eine Technik, die die eigene innere Führung unterstützte und die ihnen bei Fragen und Entscheidungen half, den für sie richtigen Weg zu gehen, war „LaniHonua" – die Kraft von Himmel und Erde. Sie konnte zu jedem Zeitpunkt die eigene Lebensenergie wieder aktivieren.

13. Es kann nur das geweckt werden, was bereits in dir steckt

„Glaubt mir, alles, was ihr hier lernt, ist nur das, was ihr schon wisst. Es wird nur geweckt und ist schon immer in euch vorhanden. Das bedeutet, dass ihr alles schon seid. Ihr müsst euer Original nur wieder entdecken und euch erinnern."

Dies war etwas Unbekanntes und warf verschiedene Fragen bei den Kindern auf. Doch war für alle klar, dass dies, was hier gelehrt wurde, Worte waren, die zu Gefühlen führten, welche nicht von dieser Welt sein konnten. Sie wussten im Inneren, dass jeder von ihnen schon einmal gelebt haben musste. Sie waren Kinder und hatten in diesem Leben nur wenige Erfahrungen gemacht. Ja, es war unmöglich, mit der erweiterten Glaubensgrenze jetzt seinen Horizont wieder klein zu machen. Die Lebensenergie war von nun an der neue Fokus.

Bei dieser Gelegenheit berichtete Lanai über die Kreisläufe der Zeit und des Lebens. Er beleuchtete die Pflanzenwelt und den Wandel einer blühenden Blume bis zum Verwelken und wieder zum Erblühen. Er zeigte den Kindern anhand des Beispiels von Raupe und Schmetterling auf, wie der Schmetterling sich aus einer Raupe entpuppte, dem Tod so nahe war und wie die Raupe dann zu einem wunderschönen Schmetterling geformt wurde. Er zeigt ihnen, wie Loslassen als Zeichen der Natur, unseren Kreislauf darstellte. „Alles, was wir durchleben und nicht verstehen können, bringt uns dazu, eine Tat zu verurteilen oder eine Sache als falsch abzustempeln. Als ob wir das Recht hätten, uns in das Leben des anderen einzumischen, selbst wenn es sich nur um Gedanken handelt. Was wäre, wenn uns das Leben in eine Situation bringen würde, in der wir ebenso denken und handeln würden? Wenn das zu unserer Lebensaufgabe werden würde, bis wir es verstehen und nichts mehr verurteilen?

Was wir wegnehmen, wird uns zu einem anderen Zeitpunkt genommen. Was wir ablehnen, wird man auch uns gegenüber ablehnen usw. Es gibt über alle Leben gesehen keine Ungerechtigkeit. Wir sind mit dem universellen System vernetzt und ein Teil davon, auch wenn es den meisten nicht mehr bewusst ist. Ebbe und Flut, Tag und Nacht, Yin und Yang … Den Wind können wir nicht ändern, aber unsere Segel richten. Dies ist unsere eigene Meisterschaft und wir alle werden sie bestreiten, entweder gefühlt unendlich, aber schlussendlich bis zur eigenen Erleuchtung."

Es war wieder einmal still im Raum. Es war viel Stoff für die Kinder und trotzdem waren sie es, die die Gabe mit sich brachten, diese Stufen der Entwicklung schnell und humorvoll zu erklimmen. Was in der „Schule des Lebens" nie zu kurz kam, waren lustige Spiele, humorvolle Tänze, kreatives Arbeiten mit den Händen, Zeichnen, Malen, Töpfern, den Garten mit Mandalas schmücken, zusammen Kochen, Verstecken spielen und vieles mehr.

14. Positive Resonanz entsteht

Immer weniger Sorgen und Konflikte kamen in den Familien vor, denn das Resonanz-Gesetz begann anderes herbeizuführen: Es brachte mehr Positives ins Leben der Kinder. Wenn etwas nicht optimal lief, wurde es als Wegweiser und etwas Gutes angesehen, denn jedes Kind verstand, dass inneres Wachstum nur durch eine Erfahrung und einen Widerstand erfolgen konnte. Die Kinder wussten, dass Gefühle das Natürlichste waren und dass man alle – ob Kummer, Wut oder Freude – fühlen durfte, um sie als Mensch zu durchleben, sie wahrzunehmen, ihnen einen Platz zu geben und zu wissen, dass wir alle durch sie herausfinden können, was in unserem Leben verändert werden möchte. Durch die Gefühle können wir uns weiterentwickeln. Die Wegweiser in unserem Leben werden sich neu ausrichten, um das Leben unserer Träume und Vorstellungen zu erschaffen. Jeder der Schüler wusste, dass das Wort „Glück" in seiner echten Bedeutung von allen erreicht werden konnte, die bereit waren, an sich zu arbeiten und dem „Glück" entgegenzugehen. Ganz nach dem Motto: Einer anderen Schwingung folgte eine andere Stimmung.

Das Reich der wahren Träume lag dort, wo das Licht die Dunkelheit überflutete und wo man nur mit positiven Gedanken hinkommen würde. Jeder musste bereit sein, den Fokus nur auf das Positive zu konzentrieren, auf das Gute, um dem Freudigen die gebührende Aufmerksamkeit zu schenken. Nur so war es für die Kinder möglich, im Energiesystem der sieben Kontinente ihre Energie zu behalten, sie zu steigern und den Herzenswünschen immer näherzukommen.

15. Die Stufen der Sichtweisen und der Entwicklung

Eines Tages fragte ein Schüler Anela: „Was ist Liebe?" Anela antwortete: „Liebe ist die höchste Form von positiver Energie. Für Liebe machen die Menschen alles. Jedes negative Ereignis, das auf der Welt passiert, ist mangels Liebe und Lebensenergie entstanden. Auseinandersetzungen und Streitigkeiten entstehen nur aus mangelnder Liebe: sich selbst, dem Partner oder der Familie gegenüber. Vieles, was die Menschen tun, machen sie aus mangelnder Liebe. Sie wollen von ihrem Umfeld geliebt und akzeptiert werden. Andere wollen mehr Reichtum besitzen, um sich wertvoll zu fühlen. Diese Art von Liebe geschieht indirekt und macht uns von etwas oder jemandem abhängig. Doch ist dies echte und bedingungslose Liebe? Liebe stärkt uns, lässt uns unabhängig sein und macht uns bedingungslos glücklich. Dafür muss jeder seine Verbindung zu sich selbst wiederfinden und entdecken, was nicht zu seinem Ego, sondern zu seinem Original gehört. Darum lehren wir ‚Reiki', um die Verbindung von Himmel und Erde wiederherzustellen und dem Original des Selbst wieder seinen ursprünglichen Platz und Wert zu geben.

Irgendwann wird unsere ‚Schule des Lebens' aus vielen Schulen bestehen, liebe Neyla. Viele Menschen werden wissen, was wir hier tun und jeder wird wissen, wie er selbst seine Lebensenergie aufbauen kann. So werden irgendwann Missgunst und Verurteilung der Vergangenheit angehören. Konflikte werden da sein, um beide Parteien auf ihren jeweiligen Anteil aufmerksam zu machen und um nach Lösungen zu suchen, die aus der Sicht aller Leben und aller Beteiligten gerecht ist. Denn eine Situation oder eine Wiederholung bleibt so lange bestehen, bis alle Beteiligten ihre Lehre daraus gezogen haben. An Krieg im Außen wird dann niemand mehr denken. Auch der Krieg im Inneren wird sich aufheben. Es wird diverse Änderungen mit sich bringen und das Leben wird wieder ein Paradies werden. Man wird den Menschen und seine Seele wieder als Eins ansehen, als ganzheitliches Lebewesen, und wer es will, wird die richtige Bedeutung von ‚Geistig – Seelisch – Körperlich Fit' verstehen."

„Was ist eine Sicht aller Leben?", fragte Neyla wieder. „Ich möchte dir ein Beispiel dieser Welt geben. Vor langer Zeit wurden Menschen, beispielsweise auf dem Kontinent Afrika, als Sklaven gehalten. Sie mussten für die weißen Menschen arbeiten in Kolonien von Frankreich, England, Italien usw. Dies wurde damals als normal angesehen und war die Wahrheit dieser Zeit. Würdest du dies heute auch als Wahrheit anschauen, Neyla?" „Nein, jeder hat das Recht auf Freiheit, wir haben das Geburtsrecht, freie Menschen zu sein." „Genau, ein Beispiel zur heutigen Zeit: Viele Menschen dieser Länder lebten in Kolonial-Staaten und wir wissen, dass einige heute wieder unabhängig sind. In ihren Ländern herrschen Konflikte und sie müssen oder wollen fliehen – natürlich viele nach Europa, wodurch sich einige der Europäer ärgern. Doch, wenn wir das Ganze aus der Sicht des Karmas betrachten, ist es normal, dass Völker, welche einst die Länder ausbeuteten, besetzten oder Profit daraus zogen, jetzt zum Ausgleich aufgefordert werden. Denn wer weiß, vielleicht waren einige der Menschen heute, in der vergangenen Zeit auch als Menschen inkarniert und an den Ausbeutungen beteiligt? Sicher ist, die Balance im Universum will sich einstellen und um das zu erreichen, sind wir alle aufgefordert, mitzuhelfen und positiv zu denken. Mit dem Karma, welches jeder Mensch mit auf diese Erde bringt, ist dieses Beispiel auch persönlich anzuwenden. Ein Mensch hat sowohl gutes Karma als auch Karma, das er verbessern will oder sollte. Karma ist eine andere Bezeichnung für

Schicksal, sozusagen das Gewohnheitsrecht – wie ein Bumerang, der immer wieder zurückkommt. Niemand kann das Karma umgehen und es sorgt dafür, dass er lernen und verstehen muss, um seine Vergangenheit in Liebe umzuwandeln. Die Träume sind damit verknüpft, und er muss zuerst seine Ängste befreien, um Träume leben zu können. Die Menschen haben zwei Pole in sich: Dunkelheit und Licht, schwarz und weiß, Boshaftigkeit und Güte sowie Traurigkeit und Freude. Doch welchem Teil gebt ihr die Führung über euch? Und in welchen Situationen erhält welcher Teil in euch die Kraft? Oft kommt es nur darauf an, welchem Teil in euch ihr die Aufmerksamkeit schenkt, jeder ist beides und hat beide Teile in sich.

Wenn ihr die Energiestufen erklimmt, wird euer Bewusstsein sich von Stufe zu Stufe verändern. Ihr werdet dem Ego mehr und mehr den Rücken zuwenden und dem globalen Denken folgen. Ihr werdet nicht in erster Linie den Profit sehen, sondern der Mensch wird im Vordergrund stehen. Trotzdem werdet ihr, wenn es zu euch gehört und es euer innerster Wunsch ist, wohlhabend sein und mit gutem Gewissen frei werden. Geld zu verlangen ist nicht schlecht, es kommt nur darauf an, wofür und wie ihr das Geld verdient. Geld ist Möglichkeit und diese Möglichkeit brauchen wir, um die Welt zu verändern. Wenn die ‚Krieger des Lichts' wenig Geld besitzen, besitzen sie auch wenig Macht und können demzufolge nur wenig universell beeinflussen und verbessern. Es ist nun für viele Menschen an der Zeit, auf eine neue Art Geld zu verdienen und zwar auf eine Art, bei der alle die gleichen Rechte haben und bei der wir das Miteinander in den Vordergrund stellen. Indem wir dem Gegenüber helfen, seinem Ziel einen Schritt näherzukommen, wird uns gleichzeitig geholfen, unser Ziel zu erreichen.

Was wir in dieser Schule tun, hilft den Menschen, gesünder und glücklicher zu werden.

Wir können zusammen viel erreichen und die Welt kann ein Ort werden, der die Menschen ihrer Berufung näherbringt und ihnen mehr Freiheit ermöglicht.

Jeder sollte die Möglichkeit bekommen, Techniken zu erlernen, sein Bewusstsein zu erhöhen, um dem Leben eine andere Perspektive zu geben und ihm einen neuen Verlauf zu ermöglichen."

Was jeder von den Schülern wusste, war, dass alles, was sie in den vergangenen Monaten gelernt und verinnerlicht hatten, die Vielzahl an Techniken, welche sie kennengelernt hatten, nicht aus Büchern zu erlernen war. Der universelle Krieger musste Erfahrungen machen. Er musste Fehler machen, um etwas zu verstehen, und er brauchte einen Ort, an dem er sicher sein konnte, Unterstützung in jeder Lebenslage zu bekommen.

Viele der wichtigen Rituale, welche einen großen Teil der „Schule des Lebens" bildeten, können hier nicht genauer beschrieben werden und dürfen ebenso wenig aufgezeichnet werden. Es sind Weisheiten, die Malu, Luana, Lanai und Anela einst mitgebracht hatten, um sie eins zu eins umzusetzen: Symbole und Mantras aus einer Galaxie, die nicht an Raum und Zeit gebunden war. Sie gaben und geben noch immer den universellen Energieschub für die Veränderung der Sichtweisen, der Schwingungsfrequenz und schlussendlich des Bewusstseins. So war Verbesserung für jeden Einzelnen, der dies von ganzem Herzen wollte, umzusetzen.

Eine zutiefst ergreifende und inspirierende Erfahrung war „Die Schule des Lebens" für alle. Die Kinder wurden immer von einem der vier Master begleitet und nicht ohne Führung gelassen, sodass sie möglichst viel aus jeder Situation verstehen konnten. Mit den Monaten und Jahren entstand eine starke Verbundenheit zwischen allen Teilnehmern des Projektes. Jedem war klar, dass keiner mit

Absicht den anderen verletzen oder ihm ohne Respekt und Achtsamkeit gegenübertreten würde. Die Kinder und die Lehrer wuchsen immer stärker zusammen und es bildete sich eine freudige Community. Lanai, Luana, Anela und Malu wussten, es war das Richtige, wofür sie ihre Zeit investiert hatten. Die Energie dieser Gruppe wurde immer stärker und durch das Gefühl jedes Einzelnen begann sie allmählich auch von außen sichtbar zu werden. Die Kinder, welche an den übrigen Tagen zu Hause lernten oder anderen Aufgaben nachgingen, veränderten das Leben ihrer Eltern, Verwandten und Bekannten positiv. Sie strahlten in Freude und Zuversicht und fingen an, eigene Pläne und Wünsche in die Tat umzusetzen. Der Gedanke an eine bessere Welt und ein liebevolles Umfeld war nun auch in ihren Herzen verankert. Mit der Zeit wuchsen sie zu jungen Erwachsenen heran und „Die Schule des Lebens" unterrichtete Jahr für Jahr unzählige Kinder.

16. Vom Schüler zum Master

Einige der Studenten hatten ihren Platz im Leben gefunden und bereisten verschiedene Länder auf allen sieben Kontinenten. Sie spiegelten mit ihrer Präsenz in verschiedenen Bereichen die neuen Werte und bewegten ihre Mitmenschen in unzähligen Situationen zu einem glücklicheren Leben. Andere wurden zu neuen Lehrern ausgebildet und wurden Master der Kunst universeller Techniken. Die Mehrenergie hatte zur Folge, dass nun wieder alte Talente neu entdeckt wurden. Es waren Talente, die lange Zeit vergessen waren und Fähigkeiten, die jeder jetzt, in Abwesenheit der alten Verhaltensmuster, ohne Ego, einsetzen konnte. Das Ziel war nicht nur der Preis, also das Geld, sondern der globale Dienst für das Wohl der Menschheit, um so der eigenen Freiheit immer näherzukommen.

Wenn ein Schüler alle drei Schülergrade durchlebt hatte und sein Gefühl sich für mehr öffnete, dann war die Zeit gekommen, jemand Neues zu sein.

Wenn die Bereitschaft zur Berufung führte und der Schüler den Willen hatte, wenn er sich selbst für den Weg als Master und Vorbild entschieden hatte, dann wurde er darauf mit einem Einweihungsritual eingestimmt. Der Zugang über das Höhere Selbst zur multidimensionalen Welt und die Rückerinnerung an Lemuria, eine Wiederverbindung mit dem Stern ihres Herzens, wurde gefeiert. Der Eingeweihte wusste von da an, wer er war und hatte nun die Möglichkeit, seine Fähigkeiten für den Unterricht eigener Schüler zu nutzen und sein Wissen wie auch seine gemachten Erfahrungen an andere weiterzugeben. Seine Berufung wurde zu seinem Beruf.

Wie jede menschliche Krankheit ein unausgesprochenes Verlangen nach mehr Liebe spiegelt, waren es für ihn das Verlangen und der

Wunsch nach einem globalen Leben ohne Krieg und das Bestreben nach innerem Frieden.

Da die verschiedenen Lehrer über unterschiedlich lange Erfahrungswege verfügten und ebenfalls in unterschiedlichen Entwicklungsstufen lebten, wurden den drei Schülergraden die Mastergrade vier bis sieben angehängt. Jeder Master wusste, dass er selbst immer ein Schüler sein würde. Jeder, der ihm begegnete, konnte ein Schüler oder ein Master sein. Sein Ziel als Master war es, ebenso viel von seinem Schüler zu lernen, wie der Schüler von ihm. Er würde stetig ein Schüler des Universums sein und das Bestreben haben, dessen Zeichen zu verstehen.

Viele der einstigen Schüler leben jetzt unter uns und kennen noch immer die Sprache der Eingeweihten. Wenn auch du im Herzen das Gefühl mit dir trägst, einen dieser Master finden zu wollen, um mehr Wahrheit über dich selbst herauszufinden, werden dich die Zeichen in diesem Buch zu einem von ihnen führen.

Neue Sichtweisen, die du durch die neuen Werkzeuge erlernt hast, können dir für deinen Weg von großem Nutzen sein. Diese Hilfsmittel unterstützen dich dabei, deiner Bestimmung näherzukommen und deine Meisterschaft zu erreichen. Rituale, Symbole und Mantras wurden über Jahrhunderte weitergetragen und in diesem Moment kannst du ein Teil dieser Geschichte sein.

Die Zukunft wird einst die Gegenwart sein und sich so manifestieren, wie du sie erträumt hast.

Alles wird gut werden und wenn es noch nicht gut ist, dann ist es noch nicht das Ende deines Kreislaufes. Deine ganz persönliche Wahrheit ist der Schlüssel, der dein Tor in eine andere Bewusstseinsstufe und in einen neuen Kreislauf des Lebens öffnen kann.

17. Die Rückreise

Malu hatte das Gefühl, seine Bestimmung erfüllt zu haben und seinen Beitrag zu einer neuen Verbindung mit zukunftsorientierten Begegnungen beigetragen zu haben. Die Zeit der vier Eingeweihten war auf Erden fast zu Ende und sie sehnten sich nach den Dimensionen, aus denen sie stammten. Die Rückerinnerung an Akasha wurde immer stärker und der Abschied vom dreidimensionalen Leben schien immer näherzukommen. Anela fing an, die Rückreise zur sechsten Dimension vorzubereiten. Ein letztes Mal saßen sie zu viert in dem großen Raum der Schule und erinnerten sich an den Anfang, an die Zeit, in der alles begonnen hatte. Sie waren erfüllt und ein wenig stolz darüber, etwas Gutes für die Menschheit vollbracht zu haben. Vor allem waren sie dankbar.

Anela blickte mit einem Schmunzeln zu Malu. „Du trägst das vierte Element noch immer bei dir, unter deinem Hut, oder? Die Luft von Muria?" „Ja, ich trage sie immer bei mir", grinste Malu. „Nun ist es an der Zeit, die Luft freizulassen, damit sie uns zurück nach Akasha führen kann", sagte Anela. „Gut, nehmen wir Abschied von diesem Teil der

Erde." Malu öffnete seinen Beutel, den er wie von Anela vermutet, seit Beginn der Reise immer unter seinem Hut aufbewahrt hatte. Die Wände begannen, sich zu drehen und die vier wurden wie auf einem Karussell herumgewirbelt. Wirbelsturmähnliche Luftgeräusche ertönten, dann öffnete sich weit oberhalb von ihnen ein Kanal, ein Tunnel. Die vier wurden ruckartig in eine Spirale gezogen, in den Tunnel eingesogen und verschwanden im Licht.

Pufff … päng! Huch … das Bewusstsein von Akasha war zurück. Malu schaute sich um, er war wieder in der sechsten Dimension. „Anela, Luana, Lanai, … vier!" Alle hatten die Rückreise überstanden. Sie waren wieder in ihrem alten Körper oder besser gesagt: Sie sahen genauso aus wie vor ihrer Abreise. „Wir sind wieder zurück!"

An diesem Abend feierten alle vier ihren Erfolg. Ein wichtiger Schritt für die Menschheit auf den sieben Kontinenten war gemacht. Jetzt hieß es Abwarten. Malu war bereit, wieder nach Muria zurückzukehren, in das Land der Möglichkeiten. Träume waren hier Wirklichkeit und es gab eine Natur von unbeschreiblicher Schönheit. Er hatte seine Familie lange nicht mehr gesehen und die hundert Jahre auf Erden fühlten sich ebenso an. „Du weißt, lieber Malu, hundert Jahre auf der Erde sind wie zehn Jahre in Muria!", sagte Luana. „Ja, ich erinnere mich, doch mein Gefühl hat sich noch immer nicht an diesen Unterschied gewöhnt", sagte er. „Lass dir noch ein bisschen Zeit! Morgen, wenn du aufwachst und wir zu dritt nach Akasha zurückreisen werden, wirst du dich besser fühlen." „Gute Nacht zusammen!" riefen alle im selben Augenblick.

Frühmorgens war die Weiterreise geplant. Luana, Lanai und Malu nahmen Abschied von Anela. Das Wesen Anela war noch immer Hüter der Akasha-Bibliothek und bereit, diese Aufgabe weiterzuführen. „Ich habe die Auszeit und das Abenteuer genossen", lachte es. Doch war das wirklich eine Aus-Zeit? Hier, in der sechsten

Dimension, kannte niemand die Zeit. Es gab kein Zeitbewusstsein und darum lief alles gleichzeitig ab. Anela war zeitgleich sowohl auf der Erde als auch in der Bibliothek der Visionen gewesen. Er hatte die Bibliothek keine Sekunde aus den Augen gelassen und trotzdem war er die vielen Jahre an einer anderen Stelle gewesen, hatte dort gelebt und war älter geworden. „Danke euch allen und gebt auf euch acht!" Sie verabschiedeten sich mit einer sanften Umarmung und einer respektvollen Geste, bei der sich ihre dritten Augen berührten. „Ihr könnt mich immer besuchen kommen, ihr seid immer willkommen", sprach Anela mit einer weinenden und einer lachenden Stimme. Die drei Reisenden packten sich fest an den Händen, dachten intensiv an ihr Ziel, und – zack – waren sie weg.

Malu erwachte. Er lag auf seinem Bett, in der dritten Dimension, auf dem blauen Planeten. Die Rückreise über Akasha – und jetzt schon auf dem Bett in Muria. Hatte er geträumt? Keine Ahnung. „Wo sind Luana und Lanai?", überlegte er. Er war alleine. Plötzlich trat seine Mutter ins Zimmer. „Hey Malu, hast du gut geträumt?" „Äh, ja!! Ich habe geträumt! Das Beste ist, ich habe meinen Traum jetzt wirklich verstanden!"

The End

Nachwort

Zuerst möchte ich meinen beiden Mentoren Graziella und Urs von Herzen danken. Ohne sie wäre ich meinen Träumen nicht nähergekommen. Ebenso danke ich jedem einzelnen Menschen, der mir auf meinem Weg begegnet ist, und der mich mit seiner oft unmoralischen Art, aber durch ein Zeichen lehrte, mehr aus mir zu machen. Ganz besonders danke ich auch meiner lieben Frau Martina, ohne deren Hilfe dieses Buch nicht entstanden wäre. Ich liebe sie von Herzen und bin ihr jede Minute dankbar.

Der Autor: Alex Laager, geboren am 26.11.1977

Wieso habe ich das Buch „ÜBERBRINGER DER TRÄUME" geschrieben?

2009 habe ich durch einen Freund Reiki kennengelernt. Zu diesem Zeitpunkt hatte ich in meiner Familie einen Onkel, der ein alter Heiler war. Er konnte den Menschen Schmerzen wegnehmen, „heilte" Menschen – so nahm ich es wahr. Das hat mich sehr fasziniert und in Bewegung gesetzt. Ich wollte mehr über mich herausfinden: Besaß ich eventuell auch solche Fähigkeiten, um Menschen zu helfen? Darum machte ich schnellstmöglich das Reiki-Seminar 1. Ich lernte in diesem Workshop auch eine Philosophie kennen, deren Inhalt ich noch nie gehört hatte, der sich aber für mich wahr anfühlte.

Ich habe durch die Seminare herausgefunden, was Heilung für mich bedeutet und dass es für meine eigene Lebensenergie einen Unterschied macht, wie ich jemandem helfe. Was mich fasziniert ist, dass durch die Reiki-Technik jede Person selbst ihren Energiefluss aktivieren und herausfinden kann, wie sie glücklicher wird. So bleibt meine eigene Lebensenergie bei mir und das nützt jedem.

Mein Wunsch ist, dass dieses Buch Herzen berührt und dich als Wegweiser ein Stück auf deinem Weg begleitet. Wenn du den Funken in dir spürst, dass mehr in dir geweckt werden will – so wie es bei mir der Fall war –, wünsche ich mir, dass du weitergehst und deiner Energie-Linie folgst.

Träume sind für mich die Voraussetzung dafür, dass wir unsere Ziele im Leben erreichen können – ein Traum, ein Wunsch, ein positiver Gedanke.

Der Weg führt über unsere Talente zu unserem Original. Dieses Buch ist vielleicht dein Samen zur eigenen Vision und möchte zeigen, dass alles in Liebe umgewandelt werden kann, was sich noch nicht harmonisch in dir anfühlt. Innerer Frieden ist etwas, was jeder erreichen kann und was zur wahren Freiheit führen wird.

Für mich ist Träumen positives Denken und nur mit positiven Gedanken erreichen wir unsere Träume. Sie sind die Überbringer unserer Herzenswünsche und auch, wenn wir nicht alle unsere Träume erreichen, gibt es immer etwas Gutes darin zu erkennen. Unser Weg führt uns weiter über verschiedene Erfahrungen zu einem tief verankerten Wunsch, der in unserem Herzen schon immer seinen Platz hatte.

Aus meiner Sicht sind Träume und positive Gedanken die Ergänzung der gesamten Menschheit.

Seminare, die Möglichkeiten bieten, unsere Existenz aus einer anderen Sichtweise kennenzulernen, um unser Energie-Potential zu leben.

www.energyline.ch